愿你游历半生，归来仍似少年

姚霁珊 著

石油工业出版社

图书在版编目（CIP）数据

愿你游历半生，归来仍似少年 / 姚霁珊著；--北京：石油工业出版社，2018.3
　ISBN 978-7-5183-0844-6
　Ⅰ.①愿… Ⅱ.①姚… Ⅲ.①散文集—中国—当代 Ⅳ.①I267
　中国版本图书馆CIP数据核字（2015）第195183号

愿你游历半生，归来仍似少年
姚霁珊　著

出版发行：石油工业出版社
　　　　　（北京安定门外安华里2区1号楼　100011）
　　　　　网址：www.petropub.Com
　　　　　编辑部：（010）64520921　图书营销中心：（010）64523633
经　　销：全国新华书店
印　　刷：北京中石油彩色印刷有限责任公司

2018年3月第1版　2018年3月第1次印刷
880×1230毫米　开本：1/32　印张：9.5
字数：180千字

定价：42.00元
（如发现印装质量问题，我社图书营销中心负责调换）
版权所有，翻印必究

序言　浮生仍似少年时

光阴总是迟迟，在流转间无声无息，仿佛默片时代的黑白画面，于回首的瞬间，予你一刹的停顿，或是永恒。

那昳丽的少年郎，便在这光阴里留存着，鲜活的、明朗的，昭昭如晴空下的白雪，散发出耀眼的光。

浮生若寄，生命中来来去去的，总是一些匆促的声音与身影。行走在这些声音与身影中的人，总会不住地看向光阴的彼岸。

那少年倚河而坐，卷起裤腿、赤着双足，踏在清澈的水波里，轻轻地哼着一首歌。

呵，许多时候，我是不愿意承认，这张狂而随性地挥洒着光阴的少年，其实，正是我自己。

又或者，那少年哼起的歌，他无意间摆动的手臂，不仅仅是我，亦是我曾经见过的那些风景、历过的那些时光。

在时光还不曾老去的瞬间，那些风景里的街巷、人物、故事与回忆，便是这少年青葱的模样，在岁月的流光下轻轻飞舞。

我总是会想尽一切办法，想要留住这样的记忆。而我也一直期盼着，那行走在回忆里的风景，能够一如那曾经的少年，那般鲜活、明丽；而些行过我身边的人与事，亦能够时时回温成一握柔软的锦帛，供我偶尔拂拭与怀想。

可叹的是，那少年，终究还是离我渐渐远了，我只能用很大的力气，以我的笔和我的心，来记取他们曾经年轻时的模样。

人这一生，总是不可避免地要走上许多的路，时间的、空间的，有些时候甚至也是超出这时空的维度的，仅仅是思想上的漫游，便可无穷无尽。

岁月总是沧桑。尘世穷通、时光迟速，从不会以个人的意志为转移。而那个在从前的时光里唱着歌的少年，抑或是那些如少年般葱翠的影像，便是这样，被时间磨出了茧痕，或如清茶可回温，亦如淡酒，品之微醺。

每逢这样的时日，我总会觉出一种欢喜。

即便我们不能停止时间飞转的轮，然而，我们却可以保持住自己的心，在辗转多年的那些回忆之上，安放我们曾经的青葱时光。

到了那一刻，纵使我们回首来时路，发现堆叠在身后的脚印，已经长得足够用来回忆。而我们的心，却仍旧可以温润如少年，那些街巷、旧物、人与风景，亦可以明丽于我们的笔端与脑海，让我们在每每忆起时，会心一笑。

是的，我知道，时间总是向前，而回忆，或者便是苍老最初的跫音。

可是我的心，它却仍旧在不住地跳动着，一下，又一下，让我在每回转首时，都为之悸动，如无知单纯的少年。

我想，这或许便是时光赠给每个人的礼物吧。

无论外表如何衰老，我们的心总在欢快地哼着歌。

为什么不能这样欢喜呢？

又有什么值得惧怕呢？

生命是一场如此令人欣然的旅途，我只愿归来时，春风正好，我正年少。

此刻，当我写下这些文字时，在我的窗外，东风浩荡，一波波拂过梧桐初显翠色的冠盖，卷起一城风絮，于街头巷陌轻盈地打着旋，似是留恋这时光多情，一路依依不去。

仅仅只是这样的光景，便已经值得我永生铭记了。

所以，在这本薄薄的册子里独白的，不是多么丰伟的人物怀想，只是一个普通人的平凡体悟。与其说，我记录下了一段过去的旧事，倒不如说，我只是在书写我心中的那个少年。

那少年在时光的河岸边坐着，卷起裤腿、赤着双足，轻轻地哼着一首歌。

那么，就让我把那支歌也献给你吧。

愿时光不曾老去你的心，愿从前的那些岁月，能够永远温暖你前行的旅程，愿你在菲薄的流年里，能够行遍所有能走的路，而归来时，仍旧眸光干净，清澈如少年。

而这便是时光赠予我们的，最好的礼物。

姚霁珊

2018年春

二 蒙童记

春去春来 068
黄书包 074
红发夹 081
小人书 086
描红本 091
体育课 097
看电视 102
游戏 107
教室 113

目录

一 莲门旧事

邮筒　002

乘凉　009

露天电影院　015

粉宫灯　020

巷　026

老虎灶　032

向阳院　037

伞　043

的确良　049

电车　055

店铺杂记　060

四 人间草木

- 野蔷薇 180
- 红蜻蜓 186
- 萤 192
- 蝴蝶梦 197
- 庭院深深 204
- 那时花开 211
- 望春风 217
- 枫 223
- 雪天 229
- 朝合夕开 234

三 唇齿嚼香

- 凉夏 120
- 萝卜丝与咸金橘 126
- 猫耳朵 132
- 泡泡糖 138
- 零食记事 144
- 南北有佳味 151
- 温酒 156
- 馄饨摊 161
- 老四川 167
- 大食堂 173

五 那些微温的青涩时光

留声机 242
我的那些花 248
素笺流光 254
情书 260
自行车 266
我们的歌 272
枕边书 277
长发与喇叭裤 283
木吉他 289

一 蓬门旧事

PART 01

邮筒

出了院门不远，便是一条安静的小街。

街道并不宽，大约只够一辆汽车通行。两旁的人行道亦是窄的，且也不规整，有几段人行道就是泥土地，余者则铺了厚而长的灰色石条，石条的下面便是下水道了。

那个墨绿色的邮筒，便立在小街的尽头。孤零零的，有几分寂寞的样子。

上学放学的路上，偶尔出门买东西的时候，邮筒矮墩墩的样貌，便会时时映入眼眸。在幼时的我看来，它那矮而厚实的形象，实在是有几分庄重与严肃的，因为听大人说，在邮筒圆圆的身体里，装着极重要的事物，关乎远方的人与事，它的名字叫作"信"。

这说法令我心里生出敬畏来，同时，对信的认知，亦停留在庄严与肃穆的印象里。而它总是孤独的身影，又让我想起每夜入睡时，在窗外悠悠响起的火车汽笛，辽远苍茫，宛若长夜里一声孤清的鸟鸣。

于是，每每与邮筒相遇，我都会屏住呼吸，猜测着那种叫作"信"的事物，是不是已经装满了它敦实的身体。同时，心里亦含了略略的期待，期待着，在将来的某一天，我也能够将一封重要且庄严的信，投进它那墨绿色的怀抱中。

这一等，便是十年光阴。

岁月如水，宛然流转，当年混沌无知的小女孩，初初有了少女的心性与喜好。而那一直与我淡淡疏离着的绿色邮筒，亦就此成了我生命中最重要的事物，将它静默安妥的身影，刻印在我整个的青春岁月里。

彼时，那条安静的小街，已经换过了新的容颜。

街道依旧是窄细的，人行道却拓宽了些，灰色的石板与裸露的泥土地，皆被平整的地砖所取代。那个凝立于街尾的邮筒，被挪到了其他的地方。想要寄信，就要走过整条街，再向前步行约五分钟，穿过另一条小巷，再转到大马路上，方能见得到邮筒的身影。

这样的一段距离，不远亦不近，足够我将信紧紧攥入手心，将那平展挺括的纸张，生生握出几分千山万水的模样。而无数个午后或薄暮，我便是这样，手里捏着信，行向不远处的绿色邮筒，心底里是沉沉的欢喜，平静安好。

春天时，泡桐紫色的花朵在我脚下零落，甜甜的花香，带着春深时的靡靡暖意；夏天的小街亦是美的，凉荫满地，幽静处断续着蝉鸣；西风微凉的时节，我的脚步声里便有了清越的蛩音，我从小街的枯叶上踏过，听一路残秋凋零的声响；而到了最后，当大雪落满肩头，走向邮筒的我，便总会想起"风雪夜归人"的诗句。

也不知道那个时候的我，怎么会有那样多的信要寄。记忆中，我好像总是走在去寄信的路上，看一路风景错落，宛若置身画中。

认真说来，其实我并没有远在他乡的友人，与我书信往来的对象，倒有一多半都是同学，尤其是自小学毕业之后，旧同学之

无数个午后或薄暮,我便是这样,手里捏着信,行向不远处的绿色邮筒,心底里是沉沉的欢喜,平静安好。

间信件往还便极频繁，连平常关系不大热络的，亦偶尔有书信往来。大家似是认定了，明明乘一趟车便可以见面的人，却必要一字一句地将事情写进信里，方才算是真正的交流。

也便是因了这个缘由，信纸与信封，便成了彼时颇抢手的物件。

学生总是穷的。大人给的可怜的几个零花钱，除去拿来买课间餐以外，还要添置漂亮的橡皮、精致的圆珠笔，以及解决偶尔嘴馋时的零食，那剩下的款项之少便可想而知了。

因而，一些家中父母在大企业或机关上班的同学，便比较受大家欢迎，因为他们可以搞到信纸或稿纸，以及封面上印了单位名称的牛皮纸信封，是属于"有办法"的那种人，在同学中相当被看重。

有一段时间，同学之间甚至还流行拿信纸作礼物，且还是颇珍贵的礼物，唯倾盖之交方可得，由此可见，彼时少年人之间的交往，信件是不可或缺的条件。

红色条纹的信纸，是经常在写信或收信时会看见的。信的起首，是收信人的全名，后坠"同学"二字，以示庄重，落款则是一律的此致敬礼，末了写上自己的全名与日期。

而那种绿格子的稿纸，在当时的我看来，最是素洁雅致，因而，便拿它来写些比较重要的信，给私交好的少数几个友人，信的内容亦以最近读了的书，或是哪天落的雨，窗前的花又开了之类的，而今看来，尽是些无病呻吟的斯文废话，而彼时，无论是写了这样的信，抑或接到了这样的信，心里都是欢欣的，快乐的。

青葱稚涩的少年时光，似是便在这样的岁月中，化作了回忆里的过往。

当年华褪去最初的绚丽华美，将一程人间风雪呈于我眼前时，我才忽然发觉，原来，我的少女时代，早已经结束于某个瞬间。那个手里握住一封信，满含着期待与欢喜，行过小街安静风景的身影，亦已成了再也不能回头的旧时光。

许多事物便是这样，于不经意间，消失无迹。一如我曾经的

青青韶华，一如街边那个绿色的邮筒。

多年以来，它静默地站在街边，像是一个永远不会消散的承诺，凝睇着熙来攘往的人群，将一程又一程的思念与牵挂，珍重敛入怀中。

然而，这世间又哪里来的永恒？思念散在风里，诺言亦终必成空。唯有光阴恒久向前，以堆叠的姿势，将往昔岁月化作寂寞的冢。

我们总是如此轻易地忘却。

即便是那些曾在我们生命中留下极深印迹的事物，亦会因了年代转换、岁月沿革，就此被我们抛入岁月深处，再不复一顾。唯有在翻找昨日记忆时，才会记起曾经的人与事，才会察知，在那些轻掷的漫漫时光里，曾有着怎样的美好与温暖……

乘凉

　　夏夜的第一缕凉风，是伴着晚香玉的淡香与萤火虫飞舞的身影，扑到人身上来的。而在院子里乘凉的人们，却是早就摆好了竹桌木椅，静待着这凉风有信，款款而来。

　　这样的夏日，往往已是七八月的暑热天气了。若不到天完全黑透，那燠热便没个完。

　　然而，在我住着的大院里，太阳未落山时，其实便已不是很热了。

　　院里种了树，有泡桐，亦有梧桐。树冠高大，将西晒的热与光尽数遮拦在外。微斜的树影拉长在地面上，满树冠盖皆成碧荫，沁了绿叶气息的凉爽，一阵阵拂过院落，倒像是它们自己便会生出凉风来一般。

　　久住南京的人都知道，此地的夏日黄昏，通常会有一阵极闷气的时段，约摸是在五六点钟光景，无风、潮湿，闷得人喘不上气来。若是待在没有电扇与空调的屋子里，只怕晚饭还没吃两

口，身上的衣裳便要湿得透了。

好在，院子里却是颇凉爽的。有高大的树木浓荫匝地，还有偶尔拂过的极细的微风，虽不能将暑气尽皆消去，至少也不那么叫人气闷了。

也正因如此，每逢黄昏，大院里的家家户户都会在门口支一张桌、数把椅，将晚饭端出来，一家人围坐在一起，就着绯色的晚霞与渐浓的暮色，吃一顿户外的晚饭。

在这样的晚饭桌上，有几样菜色是绝少不了的：一样是酱园店里买来的乌黑的大头菜，切成丝或丁，加点肉丝进去热炒，待凉下来后，便是佐稀饭的佳肴，咸香脆爽，叫人胃口大开；另一样则是盐水煮毛豆。将毛豆两端剪去，洗净后直接放进锅里，里面加些盐、八角之类的调味，加水煮熟，出锅后晾凉，口感清嫩，滋味悠长，是彼时最经济实惠的美味，既可当饭后零食吃，也能就着它吃饭。

每当晚饭时分，摆在小桌上的饭菜，总少不了这两样。或是你家煮了盐水毛豆，或是他家炒了大头菜，差不上太多。偶尔有讲究吃食的人家，起了油锅，待油热后，将那种大青椒整只放进去煎熟，最后将配好的糖醋调料向上一喷，一味糖醋辣椒便做成了。那又酸又甜又辣的香气，真真是叫人馋得口水要滴下来。

有些爱动的孩子，逢到此时便坐不住了，端了饭碗满世界地跑，到这里刮一点小菜，又到那里尝几颗毛豆，一顿饭吃遍四邻八舍。大人们倒也不多管，只因他们自己也并不完全遵守食不言的古训，谈天说地者有之，有那爱酒的，还会相对小酌两杯，各自开怀。

晚饭过后，满院里会有一阵特别的安静，只闻刷锅洗碗声，孩子们却是被大人催着，先去洗澡了，而那笼罩了城市一整天的闷热潮湿，亦在这一刻，悄然隐去。

竹床、躺椅、蒲扇、蚊帐，这些是乘凉必有的几样，不可或缺的。防蚊的手段便是点蚊香了，有些家里有老人在的，亦会炙了艾叶驱蚊。

那艾叶的味道，清而苦，孩子们都不爱闻，皆因它实在药气太重，那味道一入鼻端，便会叫人想起被大人提着耳朵逼着喝苦药的场景，任谁都不会欢喜的。

可是，艾叶熏蚊的效果却极好。想来那味道，连人都闻它不得，何况小小蚊虫乎？

夜色渐渐地涌了上来，天空变成了剔透的青色，继而又转作深蓝。一粒粒星子坠上天幕，宛若黑绒布上的水晶，点点细碎的璀璨，布满了整个天空。

洗过澡的孩子们，被大人勒令不许乱跑，以防又闹出一身汗来。于是，大家便顶着扑了痱子粉的白脖子，摇着蒲扇，或者坐在凉椅上，吃些西瓜、藕之类的零食，或者便躺在竹床上，静静地纳凉。

院子里总是有风的，风并不大，却携着凉意与不知名的花香，拂过每个人的身旁。我躺在竹床上，看着天幕上的一颗颗星，寻找着牛郎与织女的身影，偶尔亦会跳下竹床，捉几只误闯到花圃里来的萤火虫，或是与邻家的女孩一起，编几个仙女的故事自己说着玩。

而乘凉时最开心的，自是莫过于听大人们说故事。

大院里有几位叔叔，极擅讲故事，绘声绘色不说，知道的故事种类亦多。孩子们搬了小凳子，坐在一处，将那个会讲故事的叔叔众星捧月般地围在中间，听他说白娘子为许仙上天庭盗草，孙悟空如何偷了金丹，七仙女下凡偶遇牛郎，甚至我们还曾听过

小半本的《封神演义》，把那雷震子、姜子牙的名字整天挂在嘴边，自己还封了自己做神仙。

孩子们聚得多了，有时亦会玩会儿游戏，却多半是比较安静那种，小女孩借着窗口的灯光翻花绳，男孩子们则拍几张洋画。若是人再多些，又得到大人允许，便可在草丛里捉萤火虫，或是玩几回"丢手绢"的游戏。无论如何，有一点却是肯定的，那便是不得大声喧哗，更不许四处乱跑，以免天黑看不清，摔伤了或碰伤了。

天再晚些时，院子里的人声便更稀了，零零落落的几声低语，是大人们低声的闲聊，或是轻声呵斥孩子早睡。偶尔的，花圃里会传来一两声蛐蛐的叫声，那明快轻盈的声调，若在往常，定能引得男孩子们兴奋起来，打起手电筒，在草丛里寻找它的身影。而此时，夜已渐深，大多数的孩子都睡得熟了。一阵阵的风拂来，凉意爽然，直叫人想要睡在这风里。躺在竹床上的我，被困意软软地包围着。外婆坐在身旁，一面为我打扇，一面在我身上轻轻地拍着。我抱着心爱的小被子，在这满天满地的寂静与凉意里，渐渐地进入梦境。

待我于睡梦中醒来时，往往已经置身于屋里了。

窗外的天空，是一片沉寂的深蓝色，星光灿烂，似是因了知晓夜深人静，便愈加大胆地璀璨了起来。我睁了眼，昏昏然地望一眼窗外，想着，待夜再深些，我或许可以偷偷地独自起身，去花圃里捉那只蛐蛐，待明日叫那些同伴大大地吃一惊。

然而，这梦想从来不曾实现过，我总是一觉睡到天亮。倒是那只蛐蛐，夜夜于更深时鸣叫，直到第二年的夏天，还依旧能偶尔听见它清脆如铃的叫声。而它究竟是原来的那只蛐蛐，还是它的后代子孙，却终究是不得而知了。

露天电影院

　　那男子着长衫，手里拿着一顶礼帽，立在窄窄的巷弄中，静默地望着前方。

　　夜已深浓，巷弄里的房屋隐在黑暗里，露出隐约的檐角。在男子身旁有盏破旧的路灯，那并不明亮的光线，在他身上投下了一束暗淡的光柱。他的眉间有深刻的阴影，宛若刀削一般，突显出那眼睛的深邃。一阵风拂过，男子长衫的下摆在风里翻飞着，扑啦啦的声响和着风声，寂寥而萧瑟。

　　这是哪一部旧电影的画面，我已经记不清了。岁月的薄尘堆满记忆，许多事与人都变得模糊，留在心底的，只剩下一些感觉与触觉，似细细的手指，一点点拂去光阴的尘埃。

　　我记得，我站在银幕的反面，双手攀住篮球架的支柱，呆呆地望着银幕上的长衫男子。夏夜的热风掠过我的发丝，在操场上四处盘旋，将电影中的对白与音乐，切割成空旷而破碎的声响。那声音，断续不成章，回荡在操场上，有一种莫名的伤感。

或许，这世间所有行将消失的事物，都有着这样一种骨子里的伤感气息吧。似是它们早已知晓，终有一天，繁华落尽，岁月成空，留下的，唯有记忆深处那并不切实的影子，浅淡如一缕烟尘，被光阴的风一吹，便了无痕迹。

露天电影院，便是这样的一种事物。它出现在我的记忆中，是一幅黑白的影像，又像是定格的一帧帧画面，在时光里泛出微黄，漾起陈旧而伤感的味道。

依稀记得，在我上小学的那段时日，露天电影还是偶尔可见的。我父母所在的单位，每逢夏季，便会组织职工看上一两场露天电影。对尚不识人间愁滋味的孩子而言，这是何其叫人开心的事。甚至，这开心里还带着些庄重，那一份既紧张又迫切的心绪，就像在期待某个重大的节日一般，叫人兴奋得简直要颤栗起来。

露天电影放映的地点，便在离野草园不远的那片操场上。

那片操场的面积不算很大，大约比普通篮球场再大上两圈而已，场地的两端，各有一个篮球架。

这两个篮球架，均以纯铁制成，固定在地面上，极是坚固，是这操场最具标志意味的事物。暑假时，在野草园里玩腻了的我，偶尔会便跑到这巨大的铁家伙旁，两手攀住篮球架上较细的那根铁条，将身体悬空，荡过来又荡过去，想象着，自己是在荡秋千。

夏日的午后,阳光无遮无拦地洒落下来,将操场上铺着的沙土烤得滚热。我躲在篮球架下的小块阴凉地里,看男孩子们在操场上踢足球。他们在烈日下奔跑着,大声地呼喊着,足球落地的嘭嘭声震着我的耳鼓,就像是夏日鼓噪的风,一阵阵地,从我的身边奔行而过。

操场上的篮球架也被烤得炽热,即便是背阴处,也隐约着一股灼人的气息,我的掌心早被汗水渍湿了。然而,就像那群男孩子不觉阳光炽烈,依旧奔跑不息一般,我亦并不觉得,那被烤得温热的篮球架有何不妥,甚至还能在那颇费体力的悠来荡去中,体味到某种乐趣。大约,所有的孩子在玩耍时,都有这种不知疲倦的精力与精神吧。

放映露天电影的大块银幕,通常便支在位于北端的篮球架前。

到了那一天,整个大院的孩子们,晚饭都会吃得异常的快,表现得也都异常听话。五六点钟的时候,许多孩子便按捺不住了,催促着大人早点出发,以便在操场上占一个好位置。

大人们总是不急的。他们慢慢地吃好了饭,洗妥了锅碗,再换上一身干净凉快的衣服,拿了趁手的扇子,有些讲究些的大人还会洗好澡,喷上花露水,这才不疾不徐地拎着折凳出门。到得此时,孩子们等得心都快碎了。

夏天的夜晚总是来得迟的。七点钟光景，那天色依旧明亮得很，西边的天空尚染着落日余烬，时常可见火烧云绯色的云朵，斜斜地布满半个天空，瑰丽明艳。

电影开场时间还早，大人们便坐在操场上，喝着随身带的茶，闲闲地聊着天，扇着扇子，或是拿了当天的报纸在看。篮球架前的银幕早支好了，两三个工作人员坐在场地边缘，就着大搪瓷缸子吃晚饭，偶尔看一眼操场上的观众，面上有一种笃定的神情，像是掌控着什么大事一般。

这样的时日，大人们通常并不很管着孩子，由得我们四处乱跑。而我便会找了要好的同伴，一起溜进野草园里，捉几次晚归的蝴蝶或蜻蜓，又或者是摘几根草茎，互相比一比谁的草茎更有

韧性。

然而，这玩也是定不下心来的，因为总是牵挂着操场，担心电影是不是已经开场了。玩一会儿，倒要跑回去看好几次。这来回一跑，刚洗过澡的身上，便又被汗湿了。

待到天色终于全部黑下来后，电影也开场了。

说起来，露天电影其实是没什么新片可看的，不过是些革命影片，或是前苏联的老电影，都是看得熟了的。

放映机哒哒地响着，银幕上的黑白画面，变幻着不同的影像。音乐与对白的声音散入夜风，空旷而安静。操场外，偶尔有汽车经过的轰隆声，或是自行车留下的一串清脆的"叮铃铃"的声音，越发衬出这一方小世界的不同，似是尘世之外的另一个尘世。而看电影的人，便像是在故事与现实中穿行往复。

我跑到银幕背后，倚在篮球架边，看着与旁人相反的画面。铁栏杆上浸出阴凉，夜风亦不再温热，而是有了些许剔透的凉意。我身上的汗全落了下去，眼前心底，只剩一份安宁。

时至今日，那些曾在露天电影院放映的电影，我一部都记不起了。唯有那时拂面而来的风，铁栏杆凉凉的触感，以及心底里的宁和与安详，却深刻于脑海，久久难以忘怀。

粉宫灯

许多年前,文德桥畔的月色,并不是如今天这般,被大红灯笼与霓虹照耀着,有一股俗艳的脂粉气,而是孤清与冷淡的。宛若白衫的秀士,隔着人,亦隔着这尘世,兀自负了手,看桥下泠泠水色,宛然流向远处。

夫子庙的游客与行人自是少不了,却不嫌拥挤。三三两两的人群,散落在灯市与街巷间,似是街景的点缀,施施然,无一丝局促的模样。

母亲牵了我的手,与邻家的红和她母亲一同,走在这略嫌清冷的夜市里,看一路花灯灼灼如星。

那是我记忆中第一次逛夫子庙。

彼时的夫子庙,与今天颇有不同。热闹也还是热闹的,沿街店铺林立,更兼灯市开市,也算得上人流如织了。

只是,那热闹里蕴着的底色,其实还是安静。街市之中,并没有高音大喇叭对你轰唱流行歌曲,烧烤摊与各种并不卫生的小吃店，亦没有开得遍街都是，地上的塑料袋与纸巾，更是全不可见。

于是，这样的热闹，便有一种安静的欢喜。所有的情绪都被敛住，像是默片时代的电影，只让人觉得那五色缤纷喧哗耀目，心里却是踏实的，不浮躁的。

走在这样的夫子庙里，幼小的我，其实并未觉得有多开心。

虽然，母亲的手指极暖，掌心里还有些许淡淡的香气，身边的红也在笑着，和我说着话，可我还是觉得，这里太黑了，若没有母亲牵住我，我可能便怕得不敢走了。

而那时夫子庙的夜市，也确实要比今天的夜市昏暗一些。

街边的路灯并不明亮，灯市里的花灯，也不是每一盏都点亮了的，而是只寥寥地燃起几盏，悬在细绳上，随冷冽的北风晃动着，像是闪烁的星光。

扎花灯的小贩也不热络，各自坐在摊位边，将手笼进袖子里，抵御着南京阴冷的冬夜。有人停在摊位边时，他们方会抬起头看一眼，似是衡量着这停留的人是真正想买灯，还是只图个热闹随便看看的。

母亲大约是看出了我的不开心，便哄我，叫我挑一盏好看的花灯带回家。

我紧紧牵着她的手，眼睛从荷花灯跳到兔子灯上，再转向蛤蟆灯，一时有些拿不定主意。那时的我，正值小女孩最爱美的年纪，对于动物类造型的灯，有一种本能的不喜欢，就想要个花花草草一点的，颜色还要娇嫩的，才觉得称心。

于是，母亲从一堆花灯里选了一盏小小的宫灯，叫小贩点起来看。那小贩便向灯里放上短烛，拿火柴点燃了，将灯举了到了我的眼前。

一霎时，夫子庙昏暗的夜色里，似是亮起了一粒粉色的星。

那小宫灯的灯身是用嫩粉色的绉纸糊的，上面还绘了花草图案。此刻，烛光透出纸面，温暖的粉光盈盈融融，映着母亲的笑脸与热闹的街市，格外美丽。宫灯的尾部还坠了一根嫩粉色的穗子，说不出的精细雅致，立时便让我看得呆住了。

母亲见我喜欢，便将宫灯买了，让我提在手里玩。两个大人则聊着天，带着我与红，向文德桥的方向走去。

那时的我，又哪里顾得上看旁边的景物？我的一双眼睛像是长在了小宫灯上一样，怎样也看不够。越看，便越觉得它极美，极精致，心里的快乐，真真是无法以言语形容。

待我察觉到原本在四周缭绕的灯光似忽然消失一般，只剩下纯粹的黑时，我才惊觉，已经来到了文德桥。

文德桥上没有灯，唯那一轮冷月，悬在深蓝色的天幕上，淡漠地望着眼前的一切。河水与桥身隐伏在黑暗中，被月华勾出隐约的轮廓。薄纱般的月光洒落水面，银波淡淡流转，一轮月影随水轻

文德桥上没有灯，唯那一轮冷月，悬在深色的天幕上，淡漠地望着眼前的一切。

摇,苍茫而悠远。目力所及处,皆是月华清冷的白光,端凝冷寂,让人不由心生肃然。

或许,这才是文德桥真正的良夜月吧,只是,对于孩子而言,这月华却未免过于孤清了些,足以留下难以磨灭的印象,直至今天我亦时常记起。

而在回去的路上,我忽然便沉默了下来。那样纯粹的夜色与月华,似是刻进了我的心里,将我那孩子气的快乐也给压抑住了。

约莫是见我心不在焉的,红便请求我将小宫灯借给她提一会儿,她在到家前一定还给我。

坦白说,我心里其实是舍不得的,可母亲却替我做主答应了下来。彼时情景,再如何不舍,我也不得不硬下心肠,万般不舍地将小宫灯递给了红。

那个冬夜,其实并不算十分的冷,风也并不大。然而,不知是红没有提好灯,或者是一阵莫名的大风吹过,小宫灯里的蜡烛忽然便倾了下来,嫩粉的绉纸立时升起火花。还未待我反应过来,小宫灯已是全身着起火来。

我完全懵住了。事态转变得如此之快,我甚至连惊呼声都不曾发出,那盏小宫灯便只剩下残破的纸屑,连那根细长的穗子都化成了飞灰。

后来发生了些什么，我已经记不太清了。红的道歉，母亲安抚的笑脸，与我都像是隔了一层。我唯一记得的，便是母亲答应我，以后再买盏一样的粉宫灯给我。

这个承诺，让我的心里好受了许多。

然而，母亲答应我的小宫灯却始终没有出现。想来，孩子的小小心思，忙于工作的母亲大约是无暇理会的吧。红后来倒是赔了我一盏灯，却是再普通不过的荷花灯，母亲却说，红很懂事，让我万勿再于此事上纠结下去了。

这件事，似是便这样过去了，所有人都很满意，算得上皆大欢喜，只是除了我。

大约每个人都是如此吧，对失去的事物，总会万般不甘与不舍，亦总想着去重新挽回，而愈是求而不得，便愈是不得放手。

然而，不知是不是这灯不好卖，抑或是这样的造型不再流行，往后的这些年里，宫灯越见稀少，到最后，那种样子的宫灯，更是自夫子庙的灯市绝了迹，着实令我怅然了好长一段时间。

巷

春天来时，小巷的回廊里，便会开出一架紫藤花来。

廊庑转折，似一段委婉低回的心事，不能对人言，唯有借着春风与落英，方能稍作纾解。而满架的紫藤，便是那心事里开出的花，哀切里绽出幽艳。风过时，自碧叶间累垂的花序，便在那一转三折的石廊里兀自轻摆，似是将前尘过往，尽皆散入了暮春的风雨里。

小巷不长，与其说是巷，倒不如说那是一段极短的走廊。在它的前端，连着离我所住大院不远的那条安静小街，而它的尾端，则通往另一条长而幽的巷子。以灰色水泥砌就的回廊，便在这短短的小巷里辗转迁延，宛若两条街巷间的一次呼吸，清浅绵长，幽淑清寂。

大约是在我上高中的时候吧，有一段时日，我极爱到这里来。也不做什么，只在白石栏杆上坐上一会儿，独自体味这一份清雅与安好。

小巷中的回廊只有三折，顶部镂空，根根横梁互相绞缠着，就着廊庑的转角，结出错落的图案，一转三叹，韵致翩然。每逢春时，廊庑中紫藤花盛，碧叶遮住头顶，间或有深紫色的花朵探出叶间，越显得这短廊的安详与宁静，宛若贞静的旧时女子，独立于岁月与尘世之外。若是落了雨，那雨水便顺着紫藤的枝蔓与花朵，自廊庑顶端洒落下来，时而便有花瓣委地，仿佛将雨亦染作了紫色，没来由地，便叫人心里生出怅然的情绪。

小巷静极，廊庑外住着稀疏的三两户人家，朱门青砖，却是两层小楼的格局。二十年前的城市中，似这样的小楼颇多，皆是民国建筑，雅静宁谧。小巷中，家家的窗户都横了朱漆栏杆，窗玻璃也是长年干净的，映出房中窗帘的花样来，有深蓝色的格子布，也有米色印了碎花的，皆是素净的颜色，衬着小巷与短廊，有一种幽婉的韵致。

自长街的路口转入巷中，行不过三五步路，自那几幢两层小楼间穿过，便到了巷尾。巷尾处是一道拱门，穿出拱门，便到了另一条巷弄了。

自然，那巷子依旧极窄，汽车是根本无法通行的，行人与自行车便成了最常见的风景。说起来，似这般的幽幽巷弄，若总有汽车的轰鸣声驰过，又如何能显得幽静？倒是自行车的铃铛声，宛若鸣玉般清越明洁，偶尔响过身边，便似是将人带进了秋凉湛然的季节里，心亦会跟着宁静下来。

长巷的两边是住宅区，连成一片的平房与民国时期的两层小楼相向而立。这其中，平房的门户是直接朝着巷中的，平日里的生活亦不避着人，这里刷牙洗脸做早餐，那边厢行人经过门前，两下里各自安好，并没有被打扰了的不快。

另一边的两层小楼住宅区，则相对要讲究一些。一幢幢小楼，均以低矮的围墙围住，隔绝了行人经过时的目光。楼中人等的生活起坐，亦被这围墙掩住了。唯有墙内的各类植物，时常将枝叶与藤蔓伸到巷子里来。逢到花季，亦会有花香穿墙而过，在风里婉转着，似是对着这巷中的人与事，低声絮语。

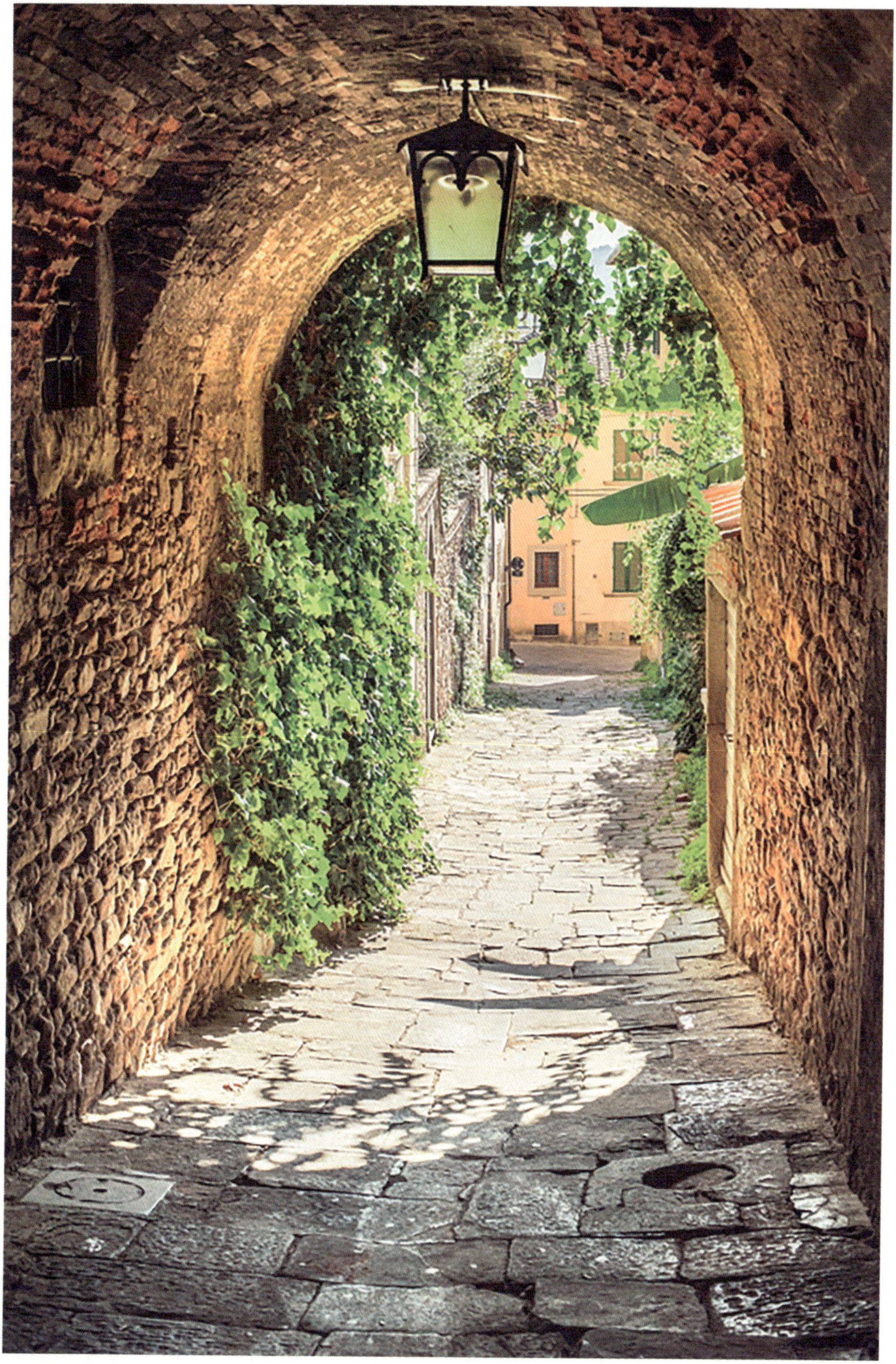

因了是连接着住宅区的，长巷里颇多枝桠，这里那里地延伸着，将整片区域串连起来。那细细的脉络，梳理着市井里的日常生活，亦为我生活着的城市，平添了几许宁静温暖的烟火气息。

长巷转折之后，还连着另一条长巷，那巷中便植着我极爱的紫茉莉。年年岁岁，紫茉莉总会于初夏时节，将一段婉约的江南气韵，洒落于巷中。

可叹的是，这世间所有老旧的事物，大约总是脱不去同样的结局的。

不过三五年间，那条短巷便被拓宽了，幽幽廊庑自然亦随之消失，连同那一架的紫藤花，以及花架旁疏落的几户人家，皆被并在了一所大的住宅小区里。

我曾去那小区里走过几遭，却并未寻到廊庑与紫藤的身影。倒是小区里的住户，许是依旧为原来的住家吧，还保持着种花弄草的风习。尤其是住在一楼的人家，都有自家的小花园，种了各样的花花草草，楼宇之间，亦颇有几分当年巷弄幽幽的味道。

叫人诧异的是，那条极长的巷弄，倒是一直都在。自然，全部保留是不可能的了，只留下了长长的一段主路，偶尔行经时，便似是一脚踏入了旧时的岁月。

巷子里依旧花草疏落，花坛里种着凤仙花，偶尔亦可见玫瑰与月季的大朵艳色，极是动人。那花坛亦是雅洁的，青砖灰石，有一种安然的味道。虽只种着不值钱的草花，却是被人精心莳弄过的，叫人止不住去想，居于此处者，定然还是从前的那些旧住户吧。也唯有他们，才得有这样细致的心思，与花坛里的花花草草珍重相对，从不见弃。

居民区里的青砖小楼居然也没全拆，还保留着十数幢。不高的围墙里，红色的窗格总是擦得极洁净，空调机箱的外箱亦挂得轻巧，这大约是小巷里唯一与今时相连的事物了。矮墙之内，花树依旧，枇杷树每年秋天都结出果子来，不大，却极诱人。这果子，我从幼时想到现在，却从来不曾尝过一颗，时时叫我引为恨事。

偶尔得闲了，我便会特意绕几步路，从这长巷里穿行。

春时，巷中有凤仙花含笑迎风，初夏，则有枇杷果引我垂涎，"虽小坊幽曲，亦青青可爱"。只是，周密于《武林旧事》中感慨的，是"忾我寤叹、念彼周京"的去国情怀，而我于此地怀想的，却是旧时韶华。可恨的是，我没有那样的才华，写不出一部华章以兹纪念，唯有以此寥寥乱语，略表那一份惆怅与惘然之情罢了。

老虎灶

老虎灶的大门外，一年四季，总是水雾氤氲。若是抛开熏黑了的墙壁不去看，只看那乳白色的烟气，一团团地四处飘散着，倒真有几分神仙洞府的味道。

只是，这神仙洞府里住着的，不是仙风道骨、长袖飘飘的仙子，却是一位样貌粗壮的妇人。她整日里提着硕大的木桶，在热腾腾的土灶上烧水灌水，黝黑的面皮泛出油光，和着房中的水汽，倒是一副精气神十足的模样。

这掌灶的妇人，便是老虎灶的老板了。

说起来，我与她还有一段说不上深浅的缘分。在我极小的时候，她曾经带过我一段时日。彼时，父母的工作都极忙，我的年龄又太小，没有幼儿园能接收。母亲出于无奈，便将我托付给了老虎灶的掌灶妇人，请她在白天的时候看护我。

以常理来说，那时的我，年龄幼小，根本是记不了事的。然而，旁的事我记不太清了，却唯有在老虎灶里度过的那段日子，印象却极深，真真是刻进脑海里去，再也忘不了。

我记得，老虎灶里的光线永远是幽暗的，桌子、椅子以及各样家具，也都是一种灰暗的色调，似是那木料里渗进了太多的水汽，便将原有的木色也染没了，变成了深深的灰色。

房间里永远都很闷热，亦潮湿，空气水淋淋的，仿佛只要伸出手去，便能捞到满手的水珠。房间的窗户极小，却开在极高的位置。没有窗玻璃，只是一个单纯的洞口，四四方方的，映出外面的一小块天空。从那小块窗格里向外看，无论是怎样的风景，也只剩了单调与逼仄。

据母亲后来说，在老虎灶里烧灶的妇人，日常兼着许多工作，比如糊火柴盒、缝补浆洗之类，替人看小孩亦是其中之一。因而，当时在老虎灶里如我这般被托管的孩童，还有两三个。

每天上午，我们几个幼童被带进老虎灶的后屋里，围坐在桌子旁，度过大半天的时光。这漫长的数个小时的光景，我们只是这样坐着，没有玩具，没有游戏，更没有零食之类的事物，只是坐在桌边发呆，甚至连说话亦不被允许。

直至今天，我还能隐约记起彼时的情景：黑暗的房间，灰色的桌椅，潮湿闷热的空气，以及身旁若隐若现的粗壮妇人。这一切，构成了一幅令人难忘的画面，深印于我的记忆中，让我在其后的相当长一段时间里，对老虎灶，始终怀有一种莫名的畏惧之心。

然而，再多的畏惧，也无法令老虎灶离开我的生活。

冬天的南京，阴冷至苦寒。家家户户热水用量急增，单靠一只煤炉烧水，自然是不够的。这时候的老虎灶，便成了人流最密集的地方。街坊邻居聚于此处，人手一只热水瓶，在这里花上几分钱打开水。

逢了这样的时日，即便心里有再多不情愿，我也只能听从父母之命，乖乖地拎上一只水瓶，去老虎灶排队。

那时的我，已经上中学了。

天气真是冷，冻到人骨头里去。铅色的天空，云层厚重，偶尔落下零星的冰珠子。房顶上迅速地覆上了白霜，薄薄的一层，极剔透的样子。

我戴了母亲用厚毛线织的手套，依旧冷得发颤，握住水瓶的手指也是僵直的。

好在，行不多远，老虎灶便已遥遥在望。

此时的老虎灶，已被一团团稠白的雾气所包围，似是与这寒冷隔绝了一般。在离老虎灶尚有几步路时，扑面而来的温热气息，便已叫人精神一振。而越往前走，那温热的气息便越浓，从面颊到手指，寒意一丝丝褪去，僵硬的指尖亦有了些活泛的意思，整个人似都被这热气暖化了，有一种懒洋洋的感觉。

烧灶妇人的面孔，在这白雾里若隐若现。她黑而胖的面颊上凝着汗珠。比起外面打水的人而言,她穿得可真是少。不过一件厚些的汗衫,一条厚些的秋裤。而即便如此,她的身上依旧是汗湿的,前胸后背,皆有着明显的湿渍。

我交了钱,便将水瓶放下。烧灶的妇人已经给水瓶排好了队,一只一只依次放着,最前面的一只,便放在灶边。灶上的水快要开了,咕嘟嘟地冒着水泡。她执起大大的水舀,将漏斗放在水瓶上,只待着水烧开。

打水的人都围在靠外的位置,那里既暖和,又不至于太热。人们聚在一处,有相熟的,便聊几句天,还有人则点了香烟,兀自吐吞起来。青色的烟气混在温润的水汽里,颇有几分呛人。而更多的人,却是静静地站着,将眼神投向外面,看阴沉的天空雪珠洒落,将整个世界,变作一片洁白。

灶上的水终于烧滚了,大团的热气升入半空,再散向四周。黑壮的妇人舀起热水,麻利地灌入漏斗。一大瓢水,差不多能灌满两只水瓶。打好了水的人,立即拎起水瓶,匆匆离去。那条渐被白色覆盖的小路上,便此落下了许多个足印。然而,不消片时,零乱的足印便被雪覆盖了。整个世界,重又一片洁白。

许多时光,似是便这样过去了。

那条小路,那些人与事,仿佛永远也不会改变。一如老虎灶里的烟气,始终蒸腾不息,从未消散。

然而，这世间是没有永恒的。欣然欢喜也好，怨憎痛苦也罢，不过只是一时而已。人会变，物会变，城市亦始终在变。

到我上高中的时候，老虎灶终于被拆除了。原地建起了几幢民居，三四层楼的样子，里面住进了新的人家。

没有了老虎灶，那掌灶的妇人却一直还在，平常照旧做些零活维持生计。彼时的她，已是暮年了，脸上布了些皱纹，满头的头发却还是乌黑的，显得精神颇健旺。偶尔地，会看见她挑着担子的身影，穿行在附近的街巷中，卖些菜蔬水果之类的，光顾的亦多是些熟人。

再往后，街巷翻新，盖上了更高的楼房，那烧灶的妇人亦没了踪影，据说是搬了家，亦有一种说法是她回家乡去了。却不知，在新的落脚处，她是不是能重操旧业，继续烧着开水，打着杂工，过着她热闹且忙碌的人生呢？

向阳院

时近初秋，沿街的风景里，便有了一种洒然的意味。

街边的树叶依旧还绿着，只是绿得不那么浓烈了，萧萧冷冷的样子，骨子里透出寒凉来。

开学后的这一段时间里，功课并不算很多。事实上，在我的整个童年时代，便没有过被功课重压的经历。上学是轻松的，放学则更轻松些。只要做完了作业，便有大把的时间去玩。许多时候，连做作业也是一边玩，一边做好的。

也正是因了课业不紧，放学以后，我便常常会约了同学一起走，一路上逛逛杂货铺，在草棵墙根里找找甲虫，有时亦会去她家里玩，至于写作业，则是顺带完成的事项了。

同学家住在一所向阳院里。那时候，有不少院子都叫这个名儿，这名称究竟由来何处，而今已不可考，应是与彼时的社会环境有关吧。

同学家的向阳院，位于大马路的拐角处，却是个闹中取静之

处。院子不算大，有几分北京四合院的样子，住家却要多出许多。一家一户，挨得颇紧密，中间则是公用的大天井。

说起来，那天井倒有几分新意，却是水泥地的，比之一般院子的泥土地高档了不少。在这样天井里跳绳、踢毽子，均比在泥土地上更好。唯有一个缺憾，便是不能摔跤，摔下去不仅疼，而且多半要破皮。

作为大院里长大的孩子，对这样的院子自然有亲切感。虽然这类院子往往有些嘈杂。但住在向阳院里的居民，却是家家友爱，邻里间关系极好的，且院子里也收拾得干净整洁。据说，时不时地，便会有居委会的人来检查。

除此之外，向阳院这名字，也会时常叫我想起向日葵来。

从字面意义上来说，这两者还真有分相像，皆有面朝太阳、花开锦绣的寓意。只不过，一个是因人力而产生的事物，另一样则是自然之物，只因偶尔与人类社会的活动有了契合点，便也由此被人推崇，成了彼时极流行的植物，堪比蓖麻和桑树。

一直都觉得，向日葵是乐天知命的一种花。大大的金色花朵，花瓣围成一圈，中间是一个硕大的圆盘。太阳走到哪里，那花朵便朝向哪里，无忧无虑地灿烂着，娇憨可喜，生来便有简单明快的气韵，立在街边墙角，却也不叫人生厌。

自然，在向阳院里，亦是要有向日葵的。花坛里、门户边，每一个回眸处，那圆而可爱的花朵，总能映入眼帘。

小孩子们对向日葵的感情，一向都是深得很。究其原因，便在于那又香又脆的葵花籽。花好看与否倒在其次，只要有东西可

吃，那这样的花朵，便必定是极可爱极美丽的了。

同学的家里亦种了向日葵，只有两株，种在漏了底了搪瓷脸盆里，长势不算太好，结出来的籽自然也不够饱满。而即便如此，这小小的零食，亦是极得人心的了。

常常地，在写作业的间隙，同学的母亲便会抓一把自家炒的葵花籽过来，给我们两个人吃着玩。

那葵花籽瘦瘪瘪的，一把里头倒有一半嗑不出肉来。然而，那香味却很正，焦香里透着甜，不知是用什么炒的，细品下去，还有些五香味，磨牙又解馋，且也不占肚子，回家照旧不耽误吃晚饭。

吃过了零食，便要忙正经事了。

于是，我与同学端正地坐下，她一张小板凳，我一张小板凳，中间则是一张大方凳，作业本便摊在上面。我俩相向而坐，各占方凳的半壁江山，在天光尚亮的半下午，写完我们并不繁杂的作业。

其实，又哪里能认真写作业呢，依旧是写一会儿，玩一会儿。反正大人都忙，也没时间来管我们，作业亦不多，总能在天黑前写完的。

而此时，向阳院里的人们，倒都是在干着自己的活计。

有洗衣的妇人，坐在矮凳上，面前一只大木盆，木盆里一块搓衣板，她将身子伏下，用力地搓洗着衣物，水声哗哗作响，肥皂泡沾了满手；还有爱玩鸟的白胡子爷爷，将画眉或是芙蓉这类的鸣禽挂在屋檐下，细细地舀起食水，侍奉着这些娇贵的小动物们；更多的人家则已经开始准备晚饭了，满院里一片锅铲翻动，热油爆炒的声音，饭菜的香气，一阵阵地窜过来，惹得人心神不宁。

天色向晚，作业也写得差不多了。我揣着半口袋的炒葵花籽，与朋友告别，满心欢喜地踏上了回家的路。

初秋的薄暮，天色极清朗，没了夏日时分热气的熏炙，却有一种说不出的清寥与寂寞。

我一路走，一路抬头看天，计算着回家的时间。初升的新月悬在天边，只得一个淡淡的影子，虚渺不可及。天空是鸭青色

的，干净得像是水洗过一般。若是细细看去，便会看见紧偎着新月的那颗星，似一粒泫然欲滴的清泪，剔透而清丽。

　　回家不过两三分钟的路程，却常常能叫我拖成二十分钟。也不知在路上玩些什么，只知道到家以后，那口袋里的葵花籽，必定是早就扫荡一空了。

　　同学家的向阳院，似是没过多久便换了名称。说起来，时代的产物，往往是不得长久的。倒是与之寓意相同的向日葵，却始终不曾淡出人们的视线。以前，是在街边的花坛里常常得见，而今则是出现在花店里，金黄灿烂的花朵绽放如昔，与非洲菊、康乃馨杂在一处，依旧一副无忧无虑的欢喜样，似是根本不为世事变迁所动。

　　也是，比起人为制造的事物，这自然界里的花草微物，往往生命绵长，这却是人力所不能及的了。

伞

微雨的清晨，小巷的石子路上，凋零了一地的紫茉莉。

喧嚣热闹的凡尘俗世，自雨中看来，其实还是淡薄的。

雨丝萧疏，微凉的湿意洒满人间。人们撑起雨伞，将自己与这世界隔开。每一面伞下，都是一个独立且安静的世界，不与人相连的，似亦是与这尘世隔了一层薄而透明的纱。

小巷深处，比起往日来多了些冷落。没有风拂起落英漫天飞舞，亦不曾有雨丝化作珠泪，盈满香蕊。那锦重重落了一地的花瓣，哪里经得起一宵风雨的浸透，早成了泥泞的几痕乱红，叫人不忍去看。唯有风过幽巷，携起一段昨夜的残香，似是在提醒着经过的人们，曾几何时，这里亦有在过喧闹绚丽的盛放。

巷弄蜿蜒着，路上的小石坑、石子缝里的小草茎，还有花坛里柔弱的粉蔷薇，一切都如往常一般，安静而又平常。

然而，却又有些什么是不一样的了。小石坑里汪着的水，倒伏于路面的小草茎，蔷薇架下湿重的落红，将这面目模糊的小巷，变得冷峭清润，有一种诗意的东西，自这景物里缓缓透出。

我撑起惯常用的黑布雨伞，怀着一种说不上是欢喜抑或怅然的情绪，望向伞外的世界。

黑布雨伞很大，入手亦沉。在我的头顶，那方浓重的黑色遮出一小块天空，予我宁静与安妥。巷弄幽幽，几无行人，雨落伞面的声音，便显得格外滞涩沉闷，宛若一只寂寞的手，于静夜里叩响无人的门扉，一下，又一下，反反复复，不知停歇。

或许，这略显沉闷的寂寞雨声，便是我喜爱这把黑布雨伞的原因吧。初初识得人间愁滋味的小女孩，似是自这清寥的声音里，体味到人生最初的寂寞与伤怀。亦是因了如此，每每落雨时，我便总爱撑了黑布伞，去离家不远的巷弄里走上几圈，抒发我那明显与年龄不符的愁绪。而今看来，那时的我真是足够矫情了。

若落雨的那一天，黑伞恰巧被父母拿去用了，家里便只剩下了一把油布伞，那时的我，便多少会有几分懊恼与烦躁。

那柄油布伞，着实是不够诗意的。

不仅不够诗意，且还笨重不堪。刷成了明黄色的油布很是厚重，伞骨、手柄乃至其间的一切细节，均是以实木制成，撑开它时，还颇要些力气。

打着这样的伞去散步，那明亮的黄色，立时便将雨落幽巷的

忧郁氛围给打散了,亦令得雨中的诗意变成了乡野小调,极令彼时的我不喜。同时,这伞也确实过重了些,厚实得没有一丝讨巧的成分,撑起它时,就像是在头上顶了所小房子,每撑上一会儿,便要换一只手,又哪里有余情去欣赏雨巷的落英与乱红呢?

所以,绝大多数时候,我是不会撑着油布伞出门的。若实在不得已,则尽量快去快回,以免被它败了兴致。

然而,比起偶尔执起的油布伞的厚重,脚上沉重的胶鞋,才是最叫人烦恼的事。

那时的人们,流行在雨天穿胶鞋,几乎人脚一双,且那鞋的颜色亦只有一种,便是黑色。落雨时,满街皆是穿着笨重黑雨鞋的人,若光从脚上分辨,倒真是件很考较眼力的事。

现在想来,这应是因了彼时生活条件差,人们舍不得穿着平日里的鞋走在满是泥泞的路上,因而便以胶鞋代步。这雨中的黑

每一面伞下，都是一个独立且安静的世界，不与人相连的，似亦是与这尘世隔了一层薄而透明的纱。

雨鞋奇景，亦是由此而来的了。

胶鞋是不透气的，穿上脚时，像是套上了闷热的套子。在外面走上一趟，回家时，脚汗重些的，那鞋里必定是湿的，极令人不适。

每到此时，便唯有期盼着，夏天光脚穿凉鞋的日子快些到来。

彼时的凉鞋多为塑料所制，不怕雨水，大人倒不会催逼着我们穿胶鞋。而每逢夏日的暴雨来袭，轻便透气的凉鞋，便成了最好的应景之物。不过可惜的是，雨太大的时候，是不被允许出门的，只有待雨小了或停了，我才能得了空，去那几条熟悉的巷弄里转一番。

黑布雨伞自是一定要带的，哪怕不撑它，拿在手里亦是好的。

雨伞是直柄的构造，柄尾处一弯月钩，恰好可以套在手腕上。只是那时的我身量颇矮，黑伞套于手腕时，伞尖便碰到了地上，金属的伞尖拖过地面，那声音，并不动听。也不知彼时我是如何忍受下来的，且还能觉得小巷幽静、花香清婉，说来倒真是有些可笑了。

约摸是因了这把伞实在好用，直至许多年后，它还一直都在家里放着。只是那时，却没什么人去用它了。

也的确是不能再用了。不知是不是年岁太久，伞上的桐油已剥落，下雨时撑了它出门，往往是伞外雨丝沥沥，伞内细雨绵绵，用不上多久，便能叫人全身湿透。然而，虽然无人用它，却也舍不得就此扔掉它。因为，新买的伞，样子再是新颖雅致，与它相比却总有不如。它的那一种味道，便像是过去老派的绅士一般，老旧、沉稳、妥帖，有着那个年代特有的安静与朴拙，还有几分工业时代的厚重气息，让人一看便知晓，这是老物件。

只可惜，这样的老物件，却只能空置于家中，便如衣锦夜行、明珠暗投，着实叫人叹惋。所幸这伞后来被我的一位朋友看见了，竟得了他的喜欢。他是搞艺术的，对这些老物件有一种骨子里的热爱。我见状，便将黑布伞赠予了他。我想，与其叫它在我这里寂寞独处，倒不如送它去懂得它的人那里，我不再纠结，它亦从此欢喜。如此结局，于我或它，或许便不算是辜负了吧。

的确良

  一直觉得,的确良穿上身时,倒像是一位关系略远的友人。不够贴合亲密,亦无法全然顺着你的心,有一种淡淡的疏离。

  或许便是因了这样的缘由,在上小学时,我曾一度以为,"的确良"是写作"的确凉"的。

  自然,这理解不仅错误,亦且并不与这衣料的本质相符。只因它并不凉,至少比起纯棉布来说,它是有些闷气的。同时,这料子本身也算不得是怎样的稀有或优异,不过是普通百姓日常穿着之物,最为凡俗不过的了。

  可是,不知是出于怎样的原因,有一段时间里,这料子却极是流行。

  我还记得彼时,大院里的女性长辈们一旦碰了面,除了说些孩子天气之类的话题外,便要问上一句"你身上这衬衫(裙子、长裤)是的确良的么?"若得到肯定的答复,则又是一番品评,多是些叫人愉快的恭维话,或是颜色漂亮,或说款式精致,再往深里说些,便要讲究是哪家制衣店裁缝的手艺，甚至直接说是上海来的，则又要得到大大的一番赞叹。

说起来，上海这个城市，在我的童年直至少年时代，一直是时髦、精致的代名词，涵盖了一切吃穿住行的事物。往往是，一旦有谁穿了颜色款式极特别的鞋子，或是蓬蓬纱制成的漂亮连衣裙，或者是腕上的手表做工非凡，一问之下，必定是上海出品，绝无分号，由此引来众人一片艳羡，亦果然不负它一贯以来的声名。

我揣测着，的确良这种料子的流行，大约亦是从上海传过来的吧。

比起传统的纯棉、绉纱或泡泡纱之类的衣料，的确良唯一的好处，便在于它的新。

人是喜新厌旧的。一切新的事物，只要度过了最初的适应期，便会立刻融入我们的生活。在时尚界，这已是颠扑不破的真理。虽然上个世纪的人们，尚不知时尚为何物，但对新奇事物的热爱之情，却与今时别无二致。

的确良的流行，便是因了它是前所未闻的一种面料，于是红遍大江南北，亦是再自然不过的事。

那段时日，我亦颇添了两件的确良的衬衫或裙子。

我还记得有一条裙子，藏青的底色，上面铺陈着大大小小的白色碎花，素雅洁净，搭配白色的衬衫，最是能显得女孩子的文气。

那时的我，被母亲时常打扮着，虽不能说多么时髦，却也是用了心思的。母亲亲自操刀，替我剪了个童话头，再将这白衫蓝裙穿上身，脚下一双扣袢小皮鞋。这一身行头，颇似二三十年代的女学生，母亲很是满意，我自己也颇不讨厌，时常穿着这一身出门。而纵观我的成长史，这可算得奇事一桩了。

之所以如此说，却是因为，从小到大，在穿衣打扮这件事上，我与母亲，从来都是心意相左的。能够同时得我们两个喜欢的衣物，实在屈指可数。

母亲是常常乐意捣饬我的，可偏偏的，我是个别扭的性子，往往是她越说好看，我便越不喜欢。我还记得彼时，母亲不知从哪里得来了两件老式童旗袍，一件是深粉色的，另一件是绛红色的，窄袖溜肩，盘花斜襟，以我今天的眼光看来，极是别致美丽。

母亲便将旗袍改得合身了，叫我穿上这旗袍，去照相馆照两张相片，以做纪念。我听了这话，上来便是断然拒绝。彼时我正在换牙，一张嘴便漏风，寻常连笑也不愿意，去照相馆照相更是万般不肯的了。

母亲却不死心，大约是希望能够留下我这有趣的形象吧，便多次游说于我，甚至搬出父亲劝说。而他们越是劝诱，我便越是铁定了心思，死也不肯，到最后也没让他们得逞。

此时此刻，回首去看当年的趣事，莞尔之余，却也有些许遗憾。设若能够留下这样一张相片，供我今天翻看回忆，想来亦是很快乐的一件事了吧。

大约是我脾性太执拗，抑或是因了日渐长大，没了儿时的童趣乖巧，到我念中学后，母亲打扮我的心思便淡了许多。换季添新衣时，母亲不再是拉了我去裁缝店，穿一些她自己设计的古怪衣服，而是开始带我出入商场，直接买了现成的穿。

这段时间里，的确良依旧是较主流的衣料，以之制成的衣裙，遍布各大商场衣店。我自己很喜欢的一条的确良连衣裙，便是在一间不算大的成衣店里买的。

那条连衣裙是收腰的设计，海军领，领口是白色的，中央垂了两根飘带，飘带的边缘绣了细细的花纹。裙子从上至下，皆是盛开叠放的雏菊，一小朵一小朵红色或黄色的花朵，布满了整条裙子，有一种绚丽明艳的美。

我一向是偏爱冷色的，自少女时代起，衣物便以冷色居多，且这色调也比较衬我。而这条连衣裙却是真正的暖色，试衣时，我一度不想穿，母亲一再让我试一试，我才勉为其难地试了。却不料，试出来的效果却是格外的好。裙角飞扬，明丽鲜艳，让我整个人都显得精神了起来。而这件连衣裙，亦是得到了我同母亲的一致喜爱。

当年的暑假，这条连衣裙很是为我赢了些赞美，我自己也得意，从此对它更是珍爱。直到读了高中，这裙子实在穿不下了，我才将它收入箱中。

彼时，的确良已经不再流行了。更多的新的面料，从广州、深圳、上海或是其他的地方，涌入这座城市，我亦穿上了许多别的面料制成的衣物。不过，那条小学时候做的蓝色碎花的确良半裙，我倒是颇穿了段日子。

自然，裙子是改过了的。在我上中学时，母亲多添了些布料，将这裙子了改大了两号，裙摆亦做成了彼时流行的喇叭式。

那样久的时日过去了，这裙子的雅静气质还在，面料亦不显旧，依旧挺括，便连颜色亦不曾掉，还是那样干净清雅。

而它最大的好处便在于轻便，同时，的确良的特性便是不贴身。对于彼时身体正在发育的我而言，这条素净的裙子，不仅替我遮掩住了一种叫作"青春期"的变化，同时又能叫我显出文静秀气，两好成双，于彼时的我而言，实在再合适不过的了。

那样久的时日过去了,这裙子的雅静气质还在,面料亦不显旧,依旧挺括,便连颜色亦不曾掉,还是那样干净清雅。

电车

坐在电车里看风景,有时候会觉得,那风景似亦在看你。

马路边植着高大的梧桐树,葱茏的树冠将天空遮成一片深邃的穹顶。长长的车身便在这深碧色的穹顶下,不紧不慢地行着。偶尔地,会有横斜错落的枝桠擦过车窗。那样近的距离,似是只需伸出手,便能摘得一片青翠的绿叶,或是折下一根纤细的枝条来。

一阵唯青枝绿叶间方可嗅得的香气,便在这浓荫的覆盖下,悄然四散开去。

空气是清凉柔润的,连带着那掠过眼前的风景,亦跟着温润了起来。凉荫遮蔽、树木丰秀,这一城风物,含着脉脉的六朝烟水气,宛若浸在水里的一枚青玉,不待人言,便自有了一种洁净与秀雅。

而坐在缓缓行驶的电车里,看着窗外的城市景致,听身边人说着浓厚的乡音,凉风翯翯、光阴迟迟,满车的乘车人,亦都有了一种悠悠然的闲适样，似是幽居桃源的世外之人，不识人间岁月匆促，唯看落英缤纷，时光静好。

如此宁谧的感受，怕是也只有那种老旧的事物，才能叫人体会了。

老式电车，便是其中的一种。

小的时候，对于这种长了两根长"辫子"的大汽车，我很是好奇了一段时间。借由着不多的几次与大人逛街的机会，我仔细地研究过它。我发现，它的两条"辫子"，可以歪斜，却绝无法弯曲，且亦不能脱离了头顶的电线。据大人说，若是那"辫子"断了，则车便无法开动了。因为它整个的动力，便是自那"辫子"上得来的。

这颇有科学意味的解释,年幼的我自是似懂非懂。唯一知晓的,便是那"辫子"与车身,二者缺一不可。同时亦是第一次知道,电车与普通公交汽车的区别,便在于那两根长长的"辫子"。

待得我长大了一些,能够独自乘坐公共交通工具的时候,对于这两种车的认知,亦变得明晰了起来。

我知道,普通的公交车,不仅头顶上没有"辫子",车身亦多只是一截而已。这种车跑起来飞快,时而似脱缰的野马,带着一车子面露惊恐的乘客,气势汹汹地碾过大马路。而坐上这样的车,举凡上下车辆,或者是在车厢内移动,那是非得有相当的定力的,否则管叫你如同喝醉了酒一般,跟跟跄跄,歪歪倒倒,几乎在车里走不出条直线来。

我还记得,那年我去参加一个外校的考试,出门的时间极早,马路上车辆行人皆很稀松,我便乘上了这样一趟车。方上了车还没站稳,司机便一脚油门踩了下去,汽车猛地向前一冲,我立刻仰头倒下。幸而我手上拿了把雨伞,本能地将伞撑向地面,人才没摔倒,再万幸的是彼时正值深秋,衣物穿得颇厚,若不然还真得蹭破了皮。

我这边如此大的动静,那司机却是连头都没回,车速飚到最高,一路上开得比跑车还快,简直像要跟谁拼命的架势。现在回想起这事来,我还是心有余悸。若没那两个幸好,不知这一跤摔下去，是不是会将整个人生摔出个不同来。

也就是从那时起，只要没太大的急事，我通常都会选乘电车。因为，电车向来没办法开得太快。

大约是受条件所限，电车的车速只能维持在一个平稳的水平上。它通常由两截车厢组成，车厢间以一个转轴似的事物连接，坐在上面时，有一种晃晃悠悠的感觉。无论有怎样紧急的事情，一旦坐上了电车，便也只得耐下心来，由得它慢慢地朝前行。

电车驶上并不宽阔的马路，头顶着一穹苍翠，身边流过城市的风景。遇上市中心的那个环道时，车子中间连接处的圆轴，便会变换了形状，站在那上面的人，便会觉出脚下的滑动，颇有些像是今天的旋转餐厅，还是有几分意趣的。

许多时候，那些紧迫与焦虑的心绪，便是在电车的悠然里渐渐沉静了下来，似水波微漾后凝于水底的石子，予人一种清透与妥帖的感觉。

后来长大了些，看见电影里有一种电车，开动时铃声叮当，车下划着两条轨道，便又觉得这电车的温厚宁静，比起我乘坐过的电车来，更加叫人心生暖意。而银幕上戴礼帽、穿长衫的男子，或是烫了大波浪头发，描了艳色口红，脚上踏一双高跟鞋的女子，坐在这种有轨电车里，男人吸起一根烟，女人则转过优雅的侧颜，去看窗外的风景，这样的画面，才真是十足的老式腔调，学也学不来的。

　　成年之后，有了机会去香港旅游，我倒还真去尝试了一番这种有轨电车。然而，彼时的城市，已再非电影里洋楼低矮、行人悠然的景象。在四围高楼大厦的倾压之下，曾经的温厚已被快节奏的生活所取代，自然的，那电车上的绅士与淑女们，亦早换了另一张面孔。

　　想来，坐在电车里，看窗边的风物悠悠变换，那样的一种态度，正如同那个年代一般，有一种不疾不缓的笃定，像是一帧微微泛黄的旧照片，透出安详与静好。

　　只是，这世间一切老旧的事物，总是会消失的。

　　旧照片或许尚有留存之地，而似电车这般，既不能加快城市交通的速度，且受制于行驶条件的交通工具，消失于城市之中，似是再自然不过的事。便如我少年时代曾经乘过的电车，经年以后，便慢慢退出了城市交通的舞台。

　　然而，那缓慢行动着的车子，依旧还是令我怀念。

　　或许，我怀念的，不只是身形笨拙、顶上长着两根长"辫子"的电车，而是那整个消失的时代，以及那种悠然闲适、迟缓静好的生活吧。

店铺杂记

　　出了院门,行不过数十步路,再转一个弯,便有一间小小的酱园店。

　　酱园店就开在小街边上,两旁种着香樟树。每逢春深,那香樟树便开出花来,细碎的白色花朵,在风里簌簌地摆动,花香娇柔细碎,有一种纤弱的态度。一阵风过,那半条街的风景,便在这温婉的香气里,变得柔美了几分。

　　店面是很古早的那种,店门还是一扇扇门板拼起来的。偶尔路过时,便会见着老板一扇扇地下门板或上门板,很有三十年代的感觉。

　　店的前半部分,被一面玻璃柜台占据,柜台上长年摆放着一玻璃缸糖醋大蒜、一玻璃糖以及一玻璃缸盐。而店的后半部分,则是大大小小的酱缸,举凡酱油、醋、麻油、料酒、腐乳等调味品,都在其中。

　　上小学的时候,父母便开始锻炼我独自打酱油了。需要说明的是，此处的打酱油是真的去打酱油，而非现今的调侃戏语之说。

那时候，人们买调味品，全部都是零碎称的。整瓶的酱油或醋几乎没什么市场，反倒是零敲碎打的买卖方式，极受众人欢迎。

每逢家中调料短缺的时候，父母便交给我一只空瓶子，叫我去酱园店里打些回来。有时亦会叫我去买些小菜回来佐餐。

小菜的种类不过是宝塔菜、酱瓜之类，或是我最爱吃的什锦酱菜。通常，买小菜是要带只小碗去的，一小碗酱菜，两三角钱即可。若是未带容器，店老板便会用不知从哪里撕下来的纸，将

小菜粗粗一裹，便算是包装妥当了。

打酱油或醋的时候，老板则会拿起一只形状特别的长方形木勺，再将一只塑料漏斗放在瓶子上，小心地将调料倒进漏斗里。半瓶子酱油差不多要五角钱的样子，麻油则贵一些，还有料酒亦比较贵，丹阳黄算是大路货，偶尔有花雕镇场，那才是真正的高级货。

小孩子对于打酱油这类事情，向来是没多大兴趣的。不过是被父母逼着做家事，心里未必欢喜，我便是如此。兼且那时候的所有商店，服务员的态度都极其恶劣，或冷漠讥诮，或暴躁无礼，或骄傲嘲讽。总之，买东西是不可能买痛快的。如此条件下，若是所买之物并非自己所喜，则其苦恼愤懑又添几分。

不过，亦会有开心的时日，那便是去杂货店里买糖果酸梅吃。到得那时，无论服务员的态度如何糟糕，只要想一想那糖果酸梅的可口甜蜜，便可忽略不计了。

卖糖果小吃的杂货店，开在小街的另一端，临着街道的转角。店面就势折成两截，一面朝南，一面朝东。店内的格局与酱园店大同小异，亦是分为前后两部分。前面是柜台，上面置着六角形的玻璃缸，一个缸里放着小圆糖，红白粉绿，色彩柔嫩，最得小孩子喜爱；另有一玻璃缸的山楂片，以及一玻璃缸的红糖，多以吃食为主。

店的后半部分则是高高的货架，架上置着烟酒杂物，几乎涵盖了大部分的生活日用品，举凡针头线脑、纸张茶叶等，皆可在杂货店里买到。

在我上小学的时候，杂货店里曾卖过一段时间的蜜制山楂，叫我痴迷了好长时间。那山楂的味道，与今天的丁香山楂颇类似，山楂上染着黏手的蜜汁，又香又甜，被我视为人间至味。无奈彼时零钱短缺，一角钱一份的山楂，在我看来已经是天价了，只得央求父母为我买，或是等着邻居家的三子哥哥请客。

三子哥哥彼时大约十七八岁，正是年轻人最爱玩的年纪，喜欢逗小孩子开心。他有一辆带大杠的自行车，每日里来来去去煞是神气。有时候高兴了，便在大杠上架带一个孩子，后坐再坐一个，将自行车骑得呼啦啦响，带孩子们去杂货店里买好吃的。

至今我还记得，我坐在自行车的大杠上，吃着美味的山楂，心里是巨大的满足和幸福，似是拥有了全世界一般。那种快乐的心情，真是无法以言语形容。

与这家杂货店隔了大约十几步路的距离，还有另一家烟纸店，亦是以卖杂货为主，吃的用的俱全，兼卖简单的文具。上了小学高年级后，我便成了这家店的常客。

我记得，我在这家店里买过毛笔，还买过不少简陋的练习册。这种练习册的纸张往往很粗糙，纸面上颗粒点点，纸张亦有种令人

不适的油滑感，不易着墨，写起字来极叫人不适。然而，为了省下点零用钱买自己喜欢的事物，再粗糙的纸张我也认了。

待到零用钱攒到了一定数额，我便会在烟纸店或杂货店里尽数花掉。

首选的自然是零食。也不知道那个时候的我，怎么会有那样馋。明明家里大人买的零食不算少，饼干糖果之类，皆是在大商场里买的，质量很有保证。可我却偏偏觉得，那种零食吃了没有味道，唯有在这些小店里，用自己的零钱买的食物，吃起来才最是滋味绵长。

我最常买的两样吃食，一样是蜜制山楂，另一样则是糖腌的杨梅，算是我的经典之选了。偶尔亦会买一种腌制的大青梅，那味道酸酸甜甜，颇为爽口。

有的时候，遇见造型可爱、香气清甜的橡皮，我也会着紧地买回来。还有花色新奇的铅笔，有透明盖子的铅笔刨，或者是画着绚丽花纹的短尺之类的，也时常被我搜罗回家。这些漂亮的文具，不只可在学校得到同学的赞美，上课时觉得无聊了，也可以偷偷地拿出来玩。

这两间杂货店，直到我念高中时还在，店面重新翻修过了，货物亦齐全了许多，光顾的人还颇不少。再后来，超市盛行，烟纸店的老板头脑灵便，改做起了小超市，店铺的位置虽是换了，店却一直都在。至于那间杂货店，则与酱园店一般，就此消失于城市的变革中，踪迹全无了。

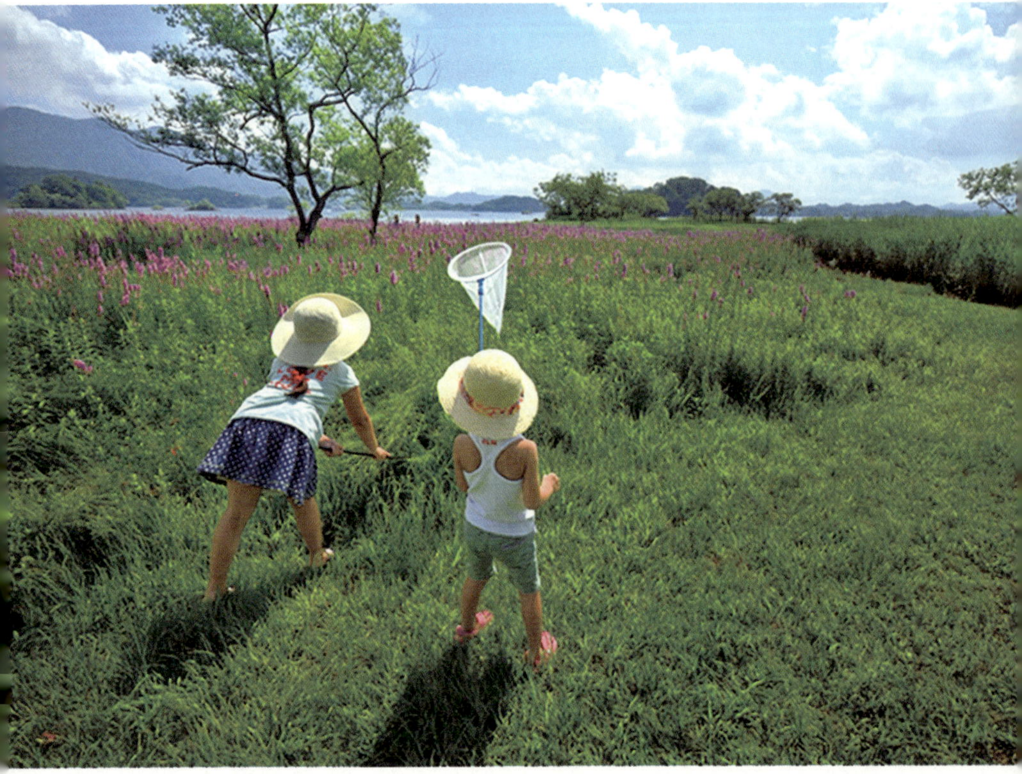

二

PART 02

蒙童记

春去春来

三月的南京，春意尚还是轻浅的一层薄绿，经不得人去细细赏玩。

春樱绽如细雪，淡粉色的花瓣柔弱无依，宛若人世间最易醒的梦，只消一夜东风，便尽皆散了去。梧桐树上似是笼了一幅轻烟，没了往日的肃静端正，却多了几分江南微雨时的温婉韵致。那柔软的淡黄色烟幕，便是树梢上新生的嫩芽，虽说是新绿，倒更近于鹅黄，融成一片时，便连一城的风景都变得茸茸可爱了起来。

这样的时日，天大地大，都比不得春游事大。

眼瞧着那树梢一日绿胜一日，公园里的柳条斜拖了柔嫩的腰肢，我便知晓，这是又到了春游的时候了。这样一想，心里免不了一阵狂喜，又是一阵忧愁。

喜的自然是可以有一整天的时间，不用写作业，不用上课，与同学们一起去了效外或公园，痛快地玩上一趟；忧的却是，春游过后，一篇感想文章是免不了的，最少也要三百字。这三百字的大山压在心头，便连玩兴都要去掉几分了。

然而，若真为了这三百字便不去春游，则又是万万不舍的。哪怕事后这三百字的文章写得再是艰难，也要先开心过了再说。如此想来，春游这件事，倒真是叫人心上又甜又苦，说不出是怎样的滋味了。

自然的，最开心快乐的春游，依旧是在小学时。

这或许是因为彼时年龄太小，不大懂得忧愁为何物，亦没有往前想事的习惯，只看得见眼前这方寸大的地方，自然便没了为三百字烦恼的心，只一味地觉得高兴。

这高兴的心情，自听说春游的那一刻起，便似是上紧了的发条一般，再松不下半分来。

春游的前夜，向来是睡不好的。兴奋、焦急、紧张，真是百味杂陈，再没有哪天的心情有那一晚那般复杂。怕天阴下雨，担心起不来床，害怕老师突然取消春游，往往是折腾到大半晚也睡不着。

到得第二天，一大早便起了床。便如我这样平常上学赖床的人，也能一骨碌爬起来，空前的利索。

军用水壶是一定要带的，里面灌上了凉白开，大半壶的水量，足够喝上一天了。至于中午自带的那顿午饭，我记得我是带

过烧饼的，里面夹一个荷包蛋，或是一块榨菜，吃起来极是鲜美。馒头我也带过，亦是夹了荷包蛋在里头。

比较高级一点的，是有一次父亲做了茶叶蛋，买了那种最便宜的粗茶叶，将鸡蛋煮熟敲碎了壳，放了半瓶子酱油做得的。待茶叶蛋做好了，一掀锅盖，真真是香飘千里，立时就让我馋得掉了口水。恰好第二天春游，这茶叶蛋便成了野餐的主菜，亦成了我小学春游记忆中的顶级美食，那醇透的香味，滑嫩的口感，直叫我今天想起来还要吞口水。

将装了午饭的饭盒装在书包里，再带上军用水壶，两样事物交叉着斜挎在身上，便是我那时最得意的扮相。时常以为，自己这样的打扮，足可以做一回电影里漂亮的卫生员了。美中不足的是，我的头型不大好，没有两根可爱的小辫子，气势上便弱了几分，亦深恨没有一顶军帽来衬我，可惜了我那正宗的军用书包与军用水壶了。

到了学校，整个教室一片沸腾，喧嚣声大得人耳朵嗡嗡响，同学们聚在一起，你看看我，我看看你，人人皆是一种表情，那便是笑得合不拢嘴。每个人都在大声地说话，每个人都不知道自己在说什么，似乎觉得，这样的欢喜快乐，唯有用大声的吵嚷才能释放得干净。

玄武湖、中山陵，这两处地方是彼时春游常去的。学校里租了公交车，将全校的孩子尽数装进车中，一路上如同载了满车的

鸭子似的，将我们送到春游的地点。

　　还不到十岁的孩子，哪里懂得欣赏玄武湖的山水意趣，或是中山陵的民国风致，倒是对动物园、游乐园之类的很向往。彼时的玄武湖公园，尚有一个颇为可观的动物园，里面除了狮山猴岛之外，亦有鸟类的居处，偶尔还能看见孔雀的靓丽身影。我唯一一次看见白孔雀开屏，便是在春游的时候，那雪花般轻盈的大大翎毛，以及那只白孔雀竖起一屏华彩四处炫耀的场景，今时想来，亦宛若昨日。

　　此外，玄武湖的游乐园亦是节目丰富，有既长且高的滑梯，有些还是回转盘旋着的，每回我坐上去时，都要鼓上半天的勇气

才敢滑将下来。还有大转椅、跷跷板、秋千等，皆是玩上几个小时都不会厌的，每每进去了就不想出来。

然而，韶光总是易逝，快乐亦总无法久作停留。通常是三点钟左右光景，老师们便开始清点队伍，准备回程了。到了彼时，便连曾经无趣的山水风景，只因了即将与之别离，在我眼中亦变得无限多情了起来，叫人不忍离去。

似这般快乐而又令人怅惘的时日，一年之中，亦只有春秋两季的春游与秋游，方可领略。

虽然，这两者间的唯一区别，便在于春华与秋色之情景不同，且每一年所去的地方，亦通常只有那几处。然而，与全班的同学一起玩耍游戏、快乐撒欢的感受，却将这小小的不足之处尽皆掩去，留在心底的，唯有无限的快乐。

倒是每回春游或秋游过后，那恼人的三百字感想文章，彼时视之如大敌，写得无比困苦，而今天回想时，却根本记不清当时都写了些什么，想来，应该都是些言不由衷的大话，或者是同学友爱之类的感想吧。唯有最后一句百用不厌的收尾"今天的春（秋）游我过得很快乐，今天真是美好的一天啊！"却绝无丝毫虚饰与矫情，是完全发自于内心的大实话。

黄书包

苍茫的暮色，似是在一刹那间，便已落满了整面斜坡。

坡上的皁还绿着，却掩不去骨子里的那一抹衰容。风也不再是微凉了，而是有了几分萧索的气息。

我站在土坡上，望着空落的大院，心头茫茫然，像是什么都不存在了一般，还有些隐约的伤感于其间，似是知晓，这是我人生中一个重要的片段。而我，却只能这样呆呆地立于黄昏中，任由其以不可阻挡之势，来到我的面前。

那一天，正是我上小学的前一天。

面对着所谓的"成长"或"长大"，我心里其实还是欢喜的。即将转到一个新的环境，这已经足够叫人兴奋了。虽然，这兴奋里掺杂了担忧与胆怯，害怕着那即将到来的陌生。但好在我并非独自一人，大院里颇有几个与我同龄的孩子，他们与我一样，也将在第二天成为真正的小学生，且还与我是同班同学。可以想见，未来等待着我的，应是一段美好的时光。

暮色渐浓，家家户户都亮起了灯。斜坡上的泡桐树，在深蓝的天空下剪出婆娑的影子。晚风轻拂，似还留有几分春暖花香，兀地令人沉醉。

　　我在院中耽搁了一会儿，直到一轮弦月斜挂夜空，才慢吞吞地回到了家中。母亲正在做饭，见我回来，便笑笑地唤过我，将一只布包递到我跟前，说："明天起你就是小学生了。喏，这是你的新书包。"

　　我死死盯着眼前的书包，那一刻，所有紧张、茫然、欢喜

与兴奋，尽皆消失不见，心中只剩了一个念头，那便是"万念俱灰"。

那只面目模糊的布包，根本不是我满心想要的黄书包，甚至都不是帆布的，这简直叫我失望透顶。

然而，看着母亲那张微笑的面孔，同时，亦本着我对父母"撒娇耍赖无效，乖乖听话有用"的认知，我知晓，此时此刻，我除了欢欢喜喜地接下书包外，别无选择。

于是，我竭力将心头的种种情绪压下，几乎是下意识地伸出手，将那书包接了过来。

母亲似乎并未察觉我的情绪，将书包交给我后，便去忙着她的事了，全没顾及我这个家中新晋的小学生，心里有多么的伤心与难过。

从幼儿园小朋友变成了小学生，这人生中重要的一步，便这样轻轻巧巧地踏了过去。一只书包，一句表述，简单至极。

那时的家长们，对孩子成长中的某些重要阶段，远不如今天这般重视。大约是彼时每家都不止一个孩子，大人们烦还烦不过来，自然只能匆匆略过。

而在有些时候，这样的忽视，亦并非全然的不好。孩子没太大的压力，家长亦不会逼得过紧，于是，便有了一种松快的氛围。于童年而言，如此简单纯粹的环境，亦是一种幸福了。

书包之事就此揭过。而我亦带着美中不足的心情，开始我了小学生生涯。

初入校时，自然一切都是新鲜的。见到高年级的学生，看着他们熟练地将书包挎在胸前，或是将书包带子绕在脑袋上，便觉得那是件很了不得的事，心里羡慕得很。

然而，如此行径，大人与老师却是绝不允许的。上课时必须端正坐好，走路不许跑，书包要斜挎着背，不得在上学放学的路上打闹等。这些规矩讲究，在成了小学生后，便要分外地注意起来，否则便对不住小学生的身份，只能继续做幼儿园小朋友。

作为听话的好孩子，遵守学校的规则于我几乎不在话下。若非那只面目模糊的书包时时勾起我心头隐恨，我的小学一年级生活，可以用顺风顺水来形容。

不知那只书包是不是感应到了我对它的极度不满，升上二年级的时候，它便破损了。书包下面磨了个指头大的洞，偶尔落出铅笔橡皮来。搭扣也不大稳当了，时刻便有坏掉的可能。我也懒得理它，由得它坏。心里甚至隐隐地希望着，坏了这只旧的，说不定便有新的来替换它了。

老天一定是听到了我的心里话，这希望竟真在不久后实现了。

那是二年级春游的早上，母亲早早替我做好了早餐，在快要出门的时候，她忽然将我叫住，像是变魔术般，将一只崭新的黄色帆布书包递给了我。

那正是我心心念念了一年多的军用黄书包，是彼时学校里最受欢迎的款式，同学里有一多半都背着它。

我被这巨大的喜悦重重地击倒了。

头昏脑涨地接过书包，我快乐得几乎说不出话来。终于得到了最想要的新书包，且是在春游的当天，这双重的幸福让我开心得要疯了。

那一整天，我都处在一种极度的幸福中，浑身轻飘飘的，仿佛随时可以飞起来。一有时间，便将那书包举到眼前，细细地欣赏。

书包是四方形的，是当时最为流行的黄绿色，里面分为前后两层，一层放书，一层放铅笔盒，刚刚好。而外面的搭扣则是纯手动的，需将两指宽的布带穿入铁制搭袢里，开关时颇要些时间。

在我看来，这只书包实在是太完美了，它的出现，令我的小学生活变得再无缺憾。

后来，我亦曾想过，母亲或许是知道我的不开心的。在拿到第一个书包时，尽管我努力不让自己显出失望来，但以七岁孩子的那点克制力，显然不可能不令人察觉。而在其后我日常的言语中，大约亦不曾掩饰对黄书包的渴望，因此，母亲才会如此"切中要害"，以一只我最想要的书包，达成了我最大的愿望。

这只黄绿色的军用书包，我用得极是爱惜，两三年后还依旧如新。那时候，我是打定了主意，这辈子都要背着它，永远也不换。

然而，这世界的变化总是快的，一件事物的盛与衰，有时，不过只在一夜之间。

我甚至早就不记得，这只军用书包最后怎样了。是被我随手丢弃了，还是被父母拿去用作它途，我已经全无印象。

上高中后，一只手提式深蓝色帆布硬书包，成了我的新宠。它与今天的电脑包颇有些相似，只是更加扁平些，款式在当时是极少见的。拿了它在手里，再搭配了白衬衣、格子背带裙，十分有小清新文艺范儿，让我在同学中赚到了不少赞美。

由此看来，喜新厌旧真乃人之本性，常人在所难免，我亦如是。若那只军用书包有知，想必亦会体谅我这人之常情，且对我曾经的年少轻狂与无知无情，露出了然的哂笑吧。

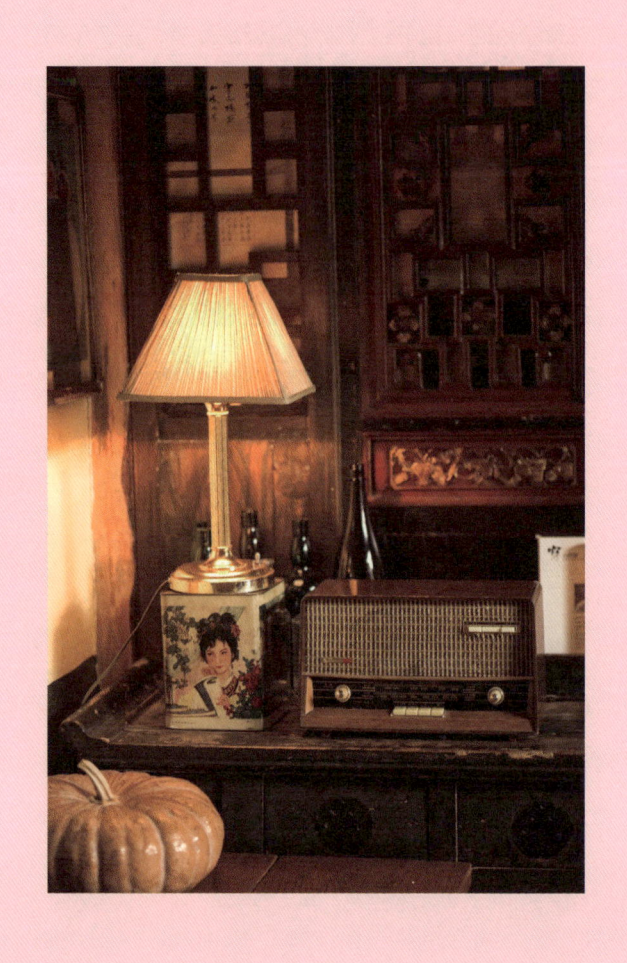

这世界的变化总是快的,一件事物的盛与衰,有时,不过只在一夜之间。

红发夹

袅袅的茶烟婉转升上半空，不待风吹，便即消散于午后温暖的阳光下。这样的时日，宜捧一杯热茶，就着满目金色的光影，做一些不切实际的幻想，或是，忆起逝去已久的往昔时光。

那枚红色的发夹，便这样有几分突兀地出现在了我的脑海里。那深深的酒红色，剔透而深邃，像极了一个辽远而无法实现的梦，在我心头来回辗转。淡漠，疏离，却又无限深情。

其实，这发夹本身是再平常不过的了。既不是精致高级的上海货，样式造型亦极普通。在我上小学乃至中学的那些年里，寻常女子的发上，便时常可见它的身影，实在无甚出奇。

它唯一叫人印象深刻的，便是它的颜色。那种深切而透明的红色，像是在葡萄酒里浸过了一般，迎着光时，还能看见些细碎的纹路，让人全然忘却了，它的材质其实是顶普通的有机玻璃，与精致优雅之类的词语，完全搭不上边。

说起来，彼时的女子发饰，几乎没什么可以说的。

束发用的多是牛皮筋，就是几分钱十根的那种，颜色是淡淡的灰褐色。不好看还在其次，最重要的是它还不好用，动不动便会抓了头发，也很容易打结。尤其在打散头发的时候，常常便会有几根发丝缠绕其上，极难解开，力气稍大些便要扯断头发，真是钻心的疼。

还有一种牛皮筋，用黑线或黑线与金线缠在上面，既漂亮且不扯头发，但价格亦不便宜。除非是实在爱美的女子，才会舍得花大钱去买它。在消费水平低下的那个时代，大多数人用的还是那种普通的牛皮筋。

至于夹住碎发的发饰，也只有那么两三样而已。

一种是细长的夹子，今天亦常得见。只不过，彼时的发夹只有一种黑色，哪里如今天这般五光十色，满是碎钻与蕾丝，直叫人看花了眼。

另有一种而今不大常见的发夹，是那种插戴式的。它由一个掏空了的半月形圆环，与一根开了狭长槽孔的簪子组合而成。簪尾的槽孔与月环的一端交错穿插，有一段可供迂回的空间，可以用来夹住比较多的头发，以有机玻璃的材质为主，亦可见塑料制品。

自然，在那个时代，这种发夹亦是以黑色居多。我所得到的那枚红发夹，算得上是比较少见的品种了，因而始终颇得我的青

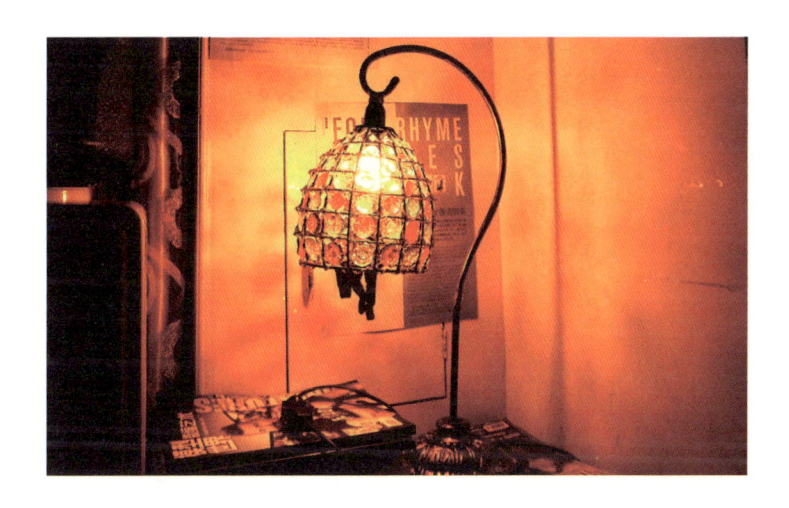

睐。而它与我的发上情缘，亦因了那段渐渐成长的岁月，变得醇厚而悠长。

从小学至中学，为方便计，母亲总会将我的头发剪成童话头，以易于打理。

我的发质属粗硬型，且非常的黑。一头乌黑的头发圆圆地顶在头上，小的时候，还能显出几分可爱来，待年纪渐长，这头发便往锅盖的方向靠拢。那样厚且黑的一个圆形，我自己看着便觉得累，且看了这许多年，实在不能从中得到什么美感，厌烦之情油然而生。

便是在那个时候，母亲送了我那枚红发夹。

几乎是第一眼，我便对它生出了莫名的情愫。

大约，每个人的一生中，都会有这样的时刻吧。尤其是女人，在面对那些小巧精致的美丽饰物时，会生出一种别样的深情。

那枚发夹是少见的红色。虽红得极深浓，却偏又若琉璃般剔透。对着灯光看时，那红色便似是凝冰碎玉一般，光华流转，引人欲醉。

将厚重的刘海斜到鬓边，再添几络鬓发，随后打开红发夹，以月环从上兜住发丝，再将插簪从下度过，穿插于弯环前端，我的鬓边，便有了一抹殷红的丽影。偶尔阳光掠过，那一抹红色便会闪闪发亮，颇为别致。

有了这微小的改变，我原来厚重的发型便有了空隙。额头流海细碎，似乎有了呼吸了一般，整个人的感觉亦变了，不再如原来那般文静平淡，而是有了几分活泼的味道。

可是，我这样的改变，却是遭到了几乎所有人的反对。

学校的同学皆觉得这发型不适合我，说是不及从前的童话头好看。有些脾气急的，便催着我快些换回去，一副完全看不下去的样子。而另一些同学，则是带着看笑话的神态，时常捂了嘴偷笑，似是我这发型有多么滑稽似的。

倒是母亲，对我的新发型居然很是肯定，亦成了唯一鼓励我的人。

现在想来，看了我这么多年的童话头，大约她也是看得厌了吧。当我略作改变,她就觉出了新意来,因此才会大声地叫好。

而我,便在变与不变之间,纠结了相当长的一段时间。

每天上学时,我将红发夹带在身上,时刻准备着改变我的发型。而这种改变,则完全视心情而定。

心情好的时候,整个人自信明亮,便取出红发夹来,将头发拢在鬓边,让那一抹俏丽的红色,跳跃于发边鬓上,同学的嗤笑与好友的不满,我全然不放在心上;而若心情低落了,红发夹便静静地待在书包里,陪我一同被沉默完全地埋葬。

在这时而拢于鬓边,时而平整如常的发型变换中,我的少年时代,便这样悄悄地过去了。当我站在岁月的转角处回首张望,我才惊觉,那枚红发夹,竟然已经陪伴了我七年光阴。

这七年的时光,改变了许多的人与事,红发夹亦由从前的剔透鲜亮,变得陈旧与晦暗。发夹的表面已经磨花了,迎着光时,亦没有了透明如琉璃的感觉,而那红色却由此变得更加深与浓,倒真像是陈年的酒,泛出悠久醇厚的气息。

隔了这样久的时光,我对它,仍旧有着无法言说的情意。

那是一种淡淡的怀念,宛若一杯温热的茶,捧它在手里,时时便会觉得暖。而这样的温暖,究竟是因了它曾带给我的美丽与快乐,还是怀念那段既勇敢又怯懦的岁月,便连我自己,亦是无法说得清了。

小人书

夏日的庭院，玫瑰已经盛开了，绛红色的花瓣宛若重锦，让人一眼也望不尽。正午时分，阳光是热烈着，却被半空里的藤萝架阻住了势头。细细的花香盈满庭院，那阳光便也失了力道，只在叶底与花荫间，洒下碎金似的斑点。

我捧了本书，站在树荫下兀自看得入迷。那书中的故事着实精彩，图画也栩栩如生，便连阳光落在脸上，我亦不觉得。

如此书卷气十足的画面，若被不知情的人见了，只怕会以为我在读什么大部头的著作。而其实，一个才上小学的幼童能够看得下的，也只有小人书罢了。

认真说来，我与小人书的缘分并不深，不似许多怀旧人士那般，与它有着割舍不得的情谊。更多时候，我与它便像是两条交叉的线，来处渺渺，去路茫茫，唯一的交会处，便在刚念小学的那两三年时光里。

念小学前，我是大字不识一个的纯文盲，学前读物亦约等于空，小人书与我的生活自然是没有半点关系的。那个时候，也没有学前教育一说。所有的孩子在幼儿园里，都是做做游戏唱唱歌之类，学些最基本的道理，论及语文或数学，则皆是上小学后才接触的。

初识文字的我，如同所有刚学会认字的孩子一样，对于一切看上去像字的事物，产生了浓厚的兴趣。事实上，整个班级的同学，差不多都是如此状况。于是，便有孩子偷偷地带了小人书来，趁着课间休息时，放在抽屉里悄悄翻看。

学校里是不准带课外书的，若是在课堂上被发现了，老师便直接没收，没有任何商量的余地。即便是下课时亦要多加小心，有些喜欢打小报告的孩子，时常便把这作了投名状，以示对老师的效忠以及对同学的监视。

环境如此险恶，那小人书带来的吸引力却越发地大了起来。似乎只要一想起这是被禁止的事，便已经足够叫人兴奋了。自然，偷偷带小人书的同学也越来越多。

我也是颇喜欢看小人书的。每逢课间休息，看着同学们各自拿出带来的小人书，我偶尔亦会凑上去旁观一回，彼时，心里也未必是不羡慕的。

只是，这羡慕的心情一等放了学，便立刻消失不见，而我对小人书的兴趣亦就此止步。回家做完了作业，我那一颗心便飞到了野草园里，整个人都是野的，却是没有半分爱学习的好孩子模样。

说起来，那时候院子里的孩子，多是些如我一般的丫头小子，爱读书的真是没几个。因其少，便显得这少数派的优秀，颇有种鹤立鸡群的味道，想要不引人注意都难。而当大人们教育孩子时，一如"你看某某多爱学习"这样的话，便也就顺势而生了。

父母对我倒没这些责备，一是忙，二来也是因我平时还算听话，他们还是颇为放心的，便也由得我去外面疯。

彼时我才升上小学二年级，时间正是深秋，不凉不热的天气，却是最宜于户外游戏的了。游戏的地点，便在大院里的小土坡上。

深秋的土坡上草色枯黄，唯有一阵阵萧瑟的西风，将属于秋天的干燥气息拂向整个院落。那天放了学，我照例三两下写完作业，便与伙伴们在坡子上玩赛跑。也不知是谁眼尖，看见在土坡下有人晒了一只竹匾，上面似乎放着吃的。

大家便一起跑过去看，却原来是切好了的萝卜片，看上去颜色发深，应是哪家准备晒干了用来腌制咸菜的，卖相一点也不诱人。

最开始时应该也只是好奇，有孩子拈起一块来尝了尝，皱了眉说"咸"，一面说，一面倒"咯嘣咯嘣"地将一整块萝卜都吃尽了。既然有人起了头,剩下的孩子便也跟着学,一半是起哄,一半也大约是缺嘴馋的,人人都尝了一块,那竹匾上的萝卜便去了一半。

这算是闯下祸了,第二天,大院里一片打骂声,还有大人提了棍子追着孩子满院跑的。我亦被父母前所未有地狠狠骂了一通,并被变相地关禁闭——放学后立刻去父母工作的单位报到,在他们身边写作业看书,不得再在院子里疯玩。

大约是为了拴住我的心,父母便替我买了一堆小人书回来,我记得有《鸡毛信》《半夜鸡叫》以及革命故事之类的,都是当时比较流行的读物,应该是叫我以革命英雄人物为榜样的意思。其后,他们还带我去了办公楼附楼的一个小图书馆,里面也有一些小人书,可以借阅,父母勒令我好好看书,不得闯祸。

虽然不是第一次受罚,但被父母以如此严正的态度对待,我那颗弱小的蒙童心灵还是颇受震撼的。在深刻地反省自己的同时,亦自觉自愿地接受了这种惩罚,每天乖乖看书。

我对书籍的热爱,很可能便是自那时培养起来的。

那奇妙的以文字堆砌的世界,充满了未知的魅力,令人深陷其中而不自知。我时常捧了三五本小人书,躲进办公楼前的小庭院,伴着玫瑰的芬芳与草叶的香气,独自一人消磨掉半个下午的时光。

不出一个月，手头的小人书便被我囫囵读完了。我的读书欲被完全地激发出来，欲罢不能，没了小人书，便很有豪侠气地借了字书来看。自然，里面的字大半是不认得的，幸而我学会了查字典，竟也将一本六七十页的薄册子给看下来。

自此以后，那间小图书馆便成了我常去的地方。待我上小学高年级时，小图书馆里能借的书，差不多已被我读了个遍了。而小人书则早成了昨日黄花，再也不曾出现在我的生命中。

此刻，回看我与小人书之间的交集，真宛若惊鸿踏雪，春风掠水，不只匆促，留下的痕迹亦淡极近无，因而，若说我对它有多么深的情谊，只怕是言不由衷了。反倒是那段胡乱抓起一本书，不管好坏先读起来的岁月，以及那种明知不可为而为之的求知若渴的心境，于今朝的我而言却是难得的，有时很是令我怀念。

描红本

一说起描红本，我便不由得轻轻一叹。

那一段幸福快乐的悠然童年，若是没有了它，想必会更完美。而当初我待它的态度若能稍稍认真些，或是在描红写大字的时候，能够略略地静一静心，则我现在的一笔字，便不会如此见不得人了。

更令我懊悔的是，彼时的我，还是在写了一笔好字的父亲亲自监督下，每年暑假几本大字地练起来的。可恨我的鲁钝与懒惰，让我在如此规范的教导下，都不能写出一笔好字来，说起来不只是惭愧，更是令我万分遗憾。

学写大字，大约是自小学二三年级时开始的。在老师布置的作业里，亦多了描红一项。

每天放学回家，我的书包里除了课本与铅笔盒外，还会放着一本描红本，一块用了一半的墨锭，一方小砚台，以及一支狼毫毛笔。

描红本是学校发的，纸张极薄，厚度大约有四十来页，每页六或八个大字，均是最常用的简单字块。那墨锭则是我自己在家门口的烟纸铺里买的，质量相当糟糕，往往磨上半天也出不了多少墨，用起来很不顺手。至于砚台与毛笔，则是父亲赠予的。

　　记得当时，父亲郑重地将这两样交给我，似是对自家孩子终于能够长到写毛笔字这样的年龄，颇有几分欣慰的样子，亦叮嘱我要好好练习，练得一手漂亮的字出来。我欣欣然地受了父亲的赠予，亦暗地下了决心认真习字。

　　然而，我于写字这一道上实在没多少天分，最重要的是，对这件事的兴趣亦极是缺乏，一看见描红本，我便有一种说不出的

厌烦，写字时更是静不下心来，往往是越写越没耐心。于是，我笔下的那张大字，亦是从最开始时的一笔一画，到最后变成了鬼画符。更糟糕的是墨锭不出墨，磨出来的墨水的浓淡不一，整篇字亦是一忽儿深，一忽儿浅，完全可以用惨不忍睹来形容。

我的学习成绩还是好的，但这一笔却字太过难看，老师实在看不下去了，曾把我叫过去专门就此事批评了一顿，其语气之严厉，态度之痛心疾首，叫我当时便掉了眼泪，被训完之后，一路哭着走回座位。作为一名乖巧听话的优秀小学生，这样的批评可算是奇耻大辱了。

可是，就算是被这样骂过，且心中亦是痛悔着下了决心要好好写字，我却根本没有太大的进步。那一笔烂字依旧还是烂着，甚至还有向更烂的方向发展的趋势，几成我小学生涯的一大污点。

父亲见状忍无可忍，痛下决心，为我专门设立了额外的练字课，誓要叫我练一笔好字出来。

彼时，学校的描红课已经结束了，父亲便骑了车，去位于新街口的那家大文具店里，给我买了精装的墨水、比较高端的毛笔以及一大堆字帖和描红本，对我开始了长达数年的铺导。

炎炎盛夏，绿树映满纱窗，知了一长一短地鸣叫着，偶尔有微风拂过竹帘，携来几许夏日阳光的气息。我伏于案前，或临字帖，或描大字，只觉得身外心里燥热得难受，却又不得不强捺下满心的焦虑，在淡淡的墨香里，写完我当天的练字作业。

这样的场景，时时出现在我的回忆里，直至如今亦难以忘怀。

提笔、凝气、悬腕、直腰，这是写大字的最基本姿态，只要有一点做不好，耳边便会传来父亲或母亲的提点声："坐直了""腰立起来""笔拿好""注意手腕"。

这一声声断喝若金玉交鸣，有一击必醒的功效，往往令已经懈了劲松了腰的我，自懒散的状态里醒转回来，继续跋涉于我那永无进步的习字之旅。

两三年间，描红簿写去了十几本，却并不曾将我的字练好，倒是让我对练字一事生出了极大的厌倦。

那薄而透的纸张，像是浸不透的油脂一般，我写下的每一道笔画，都难得能恰到好处地描进字中。顿笔时，那力道不是重了便是轻了，令得那原该沉厚稳健的笔触，变成了一团团或深或浅的墨点；挑勾时，那一线墨迹又似是玩兴大发，硬是不肯顺着我的心意转折，偏偏要旁逸斜出，作一副自由自在状。

我自是深恨着这样的练习的。因为没有成果，那恨意便又浓了几分。

然而，父母在这件事上却是严厉，没什么好商量。于是，我便瞧着那描红簿越发地不顺眼，动辄便要跟父母抱怨这纸张的粗劣，写字容易打滑，墨色不好掌握等。总之，便是将这一切或有或无之事，说成是天大的麻烦，再假以各样怨言，以浇我胸中块垒。

不过，习字的过程中，亦并非永远这样叫人气馁，有时，亦会有出人意料的惊喜。

大约是我读小学五年级时的暑假，有一天，我突然便写出一个极秀丽的"顾"字。母亲直说这字超乎以往，是我这么多年来写得最漂亮的字。我自己心中得意，待父亲回到家，便拿了描红本去请父亲指正。果然，父亲对这"顾"字亦颇满意，很是表扬了我两句。在我漫长的习字光阴里，似这般得到褒奖的次数寥若晨星，着实让我开心了好一段日子。

可是，上苍显然并不打算继续宽待我，这之后，无论花了多少时间习字，我写出来的字总是很不好看，间架不对、笔锋不对、用力不对，总之就是处处难为。直到升上中学，字迹定型，我那一笔字依旧难看得很。且亦因学业日益紧张，父亲大约亦是失去了耐心，描红习字的课程，便此中断了下来。那一堆描红本，自是被我丢到不知哪个角落去了。

再后来，读了些杂书，看《云仙散录》里说起有一种绣纸，富丽如仙，颇是羡慕了许久。便想，若当初习字时有这样美妙的纸张，恐怕我的字倒能练得好看些。

而今，描红本依旧，习字者也依然，只是那写字的人，换成了我刚念小学的小侄女。看她挺直了腰背，一笔一画用力写字的样子，时常便会令我恍惚，眼前仿佛又现出许多年前的情景。那时的我，亦是如此端坐于桌前，捺下满心的不耐，满脸郁闷地写着大字，身边是父亲清瘦的身影，他耐心指正的声音似犹在耳畔。

而此刻，父亲依旧在指导小女孩写大字，只是，那女孩再也不是我，而父亲的发上亦已落满白雪。唯一不变的，是他执笔的手依然那样坚定有力，写出来的字也依旧那样端正，如同刻在纸上一般，挺秀隽永，令人难忘。

体育课

全校集合时，惯常是要穿白衬衣、蓝裤子与小白鞋的。

一溜的孩子排得整齐，上衣是一水儿的白，不过，若仔细看去，却也是有分别的，有些白的偏黄，有些则白的偏蓝，并不能算整齐划一；裤子的颜色则是参差着的，深蓝靛青，各各不一，却也终究脱不去蓝影儿，倒也勉强可看；再看脚上的鞋，那可真是五花八门了。有花布鞋，有绿色的帆布球鞋，有黑皮鞋，只有一小半的孩子穿了最标准的白球鞋，也就是彼时大家口中的"小白鞋"了。自然，这些孩子的表情总是颇得意的，人也站得最是笔直，像是不这样便对不起这一身行头似的。

白衫衣和蓝裤子这两样，平常穿的其实机会不多，只在一些重大的场合才用得上。唯有白球鞋，却是体育课上的必备之物。

那时的生活水平实在不高，学校里人脚一双白球鞋的要求，始终难以达到。上体育课时，每个人照旧是有什么穿什么，也不存在谁笑话谁的意思。

记忆中，逢着体育课的日子，天气总是很好的，好得叫人时常会失了神，望着操场发呆。

天空是澄澈的一汪碧蓝，宛若被水洗过一般，干净得叫人不敢直视。白云大朵大朵地悬在半空，懒洋洋的，就着丝丝微风，向着远处飘移，形状亦是一会儿一变，像是有一只看不见的巧手，将云团搓圆捏扁，变幻出各种形状来。

梳了一条马尾辫的体育老师，将哨子拿在手上，大声地唤着孩子们集合。偶尔有调皮的男孩打闹起来，她便会将哨子凑在口边，用力吹出"嘀——"的一声，配合着她严厉的眼神，极具震慑效果。

然而，孩子们却是不怕她的，知道她是个脾气顶好的老师，从来不发火，亦很少批评谁。因而，那一声"嘀——"声之后，亦只是换得片刻安静，不消多时，操场上便又热闹了起来。

集合站好队后，便是进行一些基本口令的锻炼了，从最基本的"稍息""立正""向左（右）转"开始，还有齐步走什么的。

想一想，那时候的孩子还真是蒙昧得很，什么都不懂，真真是白纸一张。只说一个齐步走吧，一个班里倒能有六七个人同手同脚的，其中不乏平常手脚灵活的男孩子，往往引得整班的孩子笑场，而越是笑，那走错了的人便越是手足无措，把旁边看的人笑得肚子都疼了。

此外，左右不分的孩子亦多。一个口令下来，总有几个人与忽然便与你面对面，两个人面面相觑，知道定然是出错了，但错的到底是哪一个，两个人却并不清楚，于是各自慌里慌张地再向反方向转，由两两相望变成背道而驰，也往往引来一阵阵的大笑。老师的哨子吹得再响，也止不住这阵阵笑声，在操场上四处散了开去。

基本的训练完了之后，便开始教广播体操，抬手踢腿的，倒并不难，不过若想要连贯地完成，却也是需要些时日的。学完了一至两节广播体操，再跑上两圈，一堂体育课便差不多结束了。整堂课的气氛都很轻松，孩子们笑闹个没完，老师亦不多管。

似是从那时起，重文轻体的观念便已深入人心。学习成绩才是最重要的，至于体育课，就是来玩的，而那些跑跑跳跳的运动，对于才上小学的孩子来说，的确也跟游戏差不多。

当然，这只是针对大多数孩子而言，就我个人来说，体育课除了可以明目张胆地放空思想神游以外，好处实在不多。我的运动神经一向不够发达，踢毽子最多只能连续踢两个，跳皮筋从来不能完整进行一个回合，跑步跳绳亦不擅长，因此，体育课上如果有跑或跳的项目，我便多半是完不成了。而越是如此，对那些能够轻松完成各项体育运动的同学，我便越是有种说不出的羡慕。

我还记得，同学里有一个男孩子，大约是叫国军一类的名字的，便是运动神经极发达的，在体育课上时常被老师表扬，几乎成了我暗地里羡慕的对象。

国军的样貌我已经记不清了，大约应是清秀的吧，五官不算鲜明，却很顺眼，面颊上生了几粒雀斑。身形瘦高，坐在教室的最后一排。

他的学习成绩很一般，因此，并没有因为擅长运动而被任命为体育委员。然而，他却是上体育课最认真的，每回上课，总是穿着干净的白衫衣、蓝裤子与白球鞋，看上去精神极了。

体育老师想必亦是颇欣赏他的，时常叫他来给大家做示范。

看着他身姿挺立、动作标准的示范动作，有时候，我会忍不住想，如果我也能有他的一半本事就好了。

大约亦是因为这样的缘由，上体育课时，我倒有一小半的时间是在偷偷地看他，怀着一种羡慕的，甚至是含了几分嫉妒的心情，看着这个小小少年，似一株秀丽的小树一般，在学校的操场里走跑跳跃。在他的头顶，天空是洁净的一方碧蓝，素白的云朵宛若堆雪，操场外的树影透过围墙，投下一片浓绿的树荫。这场景，如同定格了的电影画面，让我久久难忘。

直至今天，那着白衫蓝裤的少年身影，依旧留存于我心。那一种清爽洁净的气韵，像是木吉它里流淌而出的音符，又似是微风拂过绿树，清秀明朗，格外好看，是我心目中永远的美少年的形象。

自然，我这样的审美于今世已是过时的了，发若鸡窝、描眉涂粉的惨绿少年，才是当今年轻人美的主流。

只是，我还是觉得，现时的美少年们，雕琢的痕迹过于浓重了些，对于衣着打扮上的精心，亦太过于抢了女孩子的风头。妆容精致、华衣锦饰的美态，还是留些给女孩子们吧。男孩子原有的干净清爽已经足够鲜媚动人了，又何苦非要抢去女孩子们不多的几许乐趣呢？

看电视

仲夏的午后,院落里树影寂寂,不闻人声。倒是在墙根下或是树荫的背后,偶尔能见着一两个鬼鬼祟祟的孩子,那一准儿是偷跑出来玩不睡午觉的。

有时候想想,人真是奇怪的动物。平日里上课时,谁不曾在下午的第一堂课上打过盹?便是没睡着,眯了眼头一点一点乱晃的情景,总是少不了的。那时真是恨不得马上就能躺倒,好好地睡上一觉。

然而,待真正到了暑假,有大把的时间可以午睡时,一个个却又舍不得睡了。皆是两眼冒光,神完气足,玩得一头的汗,精力充沛得往往叫大人烦躁,恨不得抓过来痛打一顿才好。

小土坡是不能去玩的了,烈阳当空,再爱玩的孩子,亦不会往那里去晒大太阳。于是,墙根下趴了看蚂蚁搬家,或是树荫背后弹珠玩,便成了院子里比较流行的午间消暑方式。跑到院外的人是极少的,那是因为常被大人吓唬,说外面有"老拐子"专抓小孩。这说法很是根深蒂固,每个孩子都听过若干恐怖故事,虽版本不同,但形式却相差无几,几乎成了大院里的一种文化。

待到天色向晚、日薄西山之时,望着那片渐呈黛色的天空,在孩子们的心里,一个隐约的希望便一点点地升上心头:今天晚上会不会有电视看呢?

这可不能说是小小的愿望,而真是一个很大的愿望了。因为彼时,整个大院里,只有一家人家里有电视。且那电视还是黑白的,屏幕只有九寸大,比现今的IPAD也差不太多。

若你小看了这台电视,则必定是不曾经过我们那个年代的新鲜人。要知道,便是这样一台而今看来土得掉渣的电视,在彼

时，却是有钱也买不到的。因为，买电视得需要票。

那个时候，计划经济一统江山，买什么都是要用到票的。买面条大米要粮票，买油要油票，扯两尺花布做衣裳也要布票，还有鱼票、肉票、酒票、糖票，等等，不一而足。有时候，搞一张票真真比挣钱还要难几分，便如电视这等罕物，自然更是要有电视票才能买得到了。

由此亦可知，我们大院里这台唯一的九寸电视，该是多么的受人瞩目，简直就成了整个大院孩子的骄傲。无论走到哪里，只消说一声"我们院儿里有电视看"，那就真是了不得的荣耀了，往往能引来一片艳羡与赞叹声。

而很有可能的是，说这话的孩子，自己未必能捞得到机会看一回电视。实在是这电视太罕有了，寻常那家人也不舍得开。一者是因为电钱消费不起，二来也是怕惹来众人议论。便是自家想看了，亦只是关起门来偷偷地放一回，从不曾主动邀请谁去家里看过。

然而，这世间的事物，往往便是越遮着掩着的，便越是勾得人蠢蠢欲动。

这台神秘而高贵的电视，在相当长的一段时日里，成了大院每个孩子心中的朱砂痣与白月光，真是想也想到梦里去，只盼着天可怜见，这家人能将电视机抬出来，放在院里给大家赏玩一番。说起来,这机会也不是没有。我便曾经遇过三两回,皆是于盛夏时节,星夜纳凉之时,那家人偶尔来了兴致,借着乘凉的机会,将电视搬到了房外,允许一院子的人前去观赏。

彼时,所有的孩子们都骚动了,一霎时,整个院子都是奔跑声与呼朋唤友的声音,几乎让人错以为出了什么大事。连带着大人也被惊动了,虽不致如孩子那般急赤白脸地一番作态,但他们那手拿折凳、一路前行的步履,却是分明不够从容,亦绝称不上舒缓的。

待得一院子几乎所有人都聚齐了之后,电视便被打开了。

坐得近的自然是恨不能将脸凑上屏幕,看得异常仔细,而隔得远了的,亦不惧暑热地向前拥,人人挤着挨着,却是一声怨言都无。

有些时候,院子里的异动还能引来外院的关注,便不是住在大院里的居民,亦有人呼三喝四地跑了过去,一睹电视的风采。

现在想想,这台小电视所得来的无上荣耀,大约比今天的影星歌星们亦不遑多让,只怕略差些的二三线明星们,还比不上它彼时的风光呢。

也真是难为那时候的人了,九寸的小电视,略隔得远些,只怕连个粗影都看不清楚,也不知道那时候的我们,怎么就能有那样大的耐心与毅力,偏能围上几十口人去看那台电视,且还看得津津有味，过后还能回味上好几天。而今想来，真是不可思议。

这股倾巢出动看电视的风气，颇维持了两三年，直到电视渐渐普及才算热度渐消。

其实，不只是看电视，便是乘凉、露天影院这样的事物，似是亦在不知不觉间，便再没了声息。那些躺在院子里的大竹床上，数着天上的星星捉萤火虫的时光，或者是一家老小拿了小凳子，去大操场上看电影的日子，仿佛是一程回不去的风景，被岁月的水波缓缓浸过，成了记忆中再不能回去的过往。

今天的我，对电视早已失了兴趣。有了闲暇，或是开了电脑看几部电影，或是打开手机玩游戏，家里的电视机前，只剩下了父亲与母亲。而这也要他们看一样的电视节目才行。若是你想看电视剧，我想看纪录片，则父亲与母亲便一人据守一台电视，各不相扰。

有时，看着他们各自守着一部电视，看得满心开怀的模样，便会对往昔的那段日子，生出几分疑心来，总以为那不是真的。若这世间真有预知一说，只怕当时的我看到了今天的这般情景，亦会以为是在梦中，不可置信了吧。

游戏

暮春时的天气,温热里尚存着几许微凉,风里的湿意亦只是淡淡的几痕,有一种爽然的温柔,是夏季来临前最后的宜人时光。

街边的梧桐树已所剩无几了,新植的香樟与桂树,树冠皆不算阔大,让人很怀疑夏天来临时,它们能为这座燠热无比的城市提供多少荫凉。

我站在公交站台上等车。车来得有些迟,望着远处车辆行来的方向,我一面有些焦心,一面却在眼角的余光里不自觉地兜了半幅树影,以及一个穿粉色连帽衫的小女孩的形象。那个女孩一手牵着大人,一只手则摆弄着一只手机,似乎在打着游戏,表情极是专注。

这情景,倒叫我有几分恍惚起来。我隐约记得,大约十年以前,街头巷陌里,还时常能见着女孩子跳皮筋或是跳格子,而现在,这样的游戏画面却是极难得见了。身边路过的孩子们,倒有

一多半低了头，手里捧着电子产品，玩着属于他们这个时代的游戏。

说起来，我还是很羡慕今天的孩子们的。若在我的童年时代，流行的是这类坐着便可玩的游戏，想来，那令我纠结了整个童年的几件恨事里，亦会少去一桩。

幼时的我，个性之类的虽未成型，唯有喜静不喜动这一条，却是早早就打下了基础。举凡彼时孩子们流行的游戏，无论是跑的、跳的还是蹦的，我没一样拿得出手。

未上小学时，我的境况尚不算太糟。毕竟院子里的孩子皆是从小玩在一处的，彼此的交情不算浅，且女孩子的数量也少，因此，每当大家围在一起踢毽子、跳皮筋时，大多数时候都少不了我这一份。

不过，我这一份，只能说是很勉强的一份了，因为我这两样游戏玩得都非常之糟糕。踢毽子从来只能连续踢两个，跳皮筋只能玩第一回合，皮筋的高度略调得高一些，我便立刻要踩住或是绊住，然后便是被罚下场的命运。

我还记得彼时的这两样游戏，规矩是要分成两队来玩的，南京话将"队"叫成"把"，两"把"人人数相等，互相竞赛。通常，我会被安置在拥有最高技术者的那一"把"里，以平衡两边的水平。

踢毽子的规则是先踢上大约一百或两百的单腿踢，够数后便改成双腿踢，即叫作"盘"的，还有跳踢和拐踢等，不过通常是玩不到这种程度的，能把"盘"给完成便已经算是很成功的一次游戏了。

除此而外，游戏里还规定了，不管是哪一"把"，若在踢到含有"九"的数字时没踢过去，则无论是十九、二十九还是九十九，皆要一降到零，从头再踢。

说来真是惭愧，这个要命的"九"字魔咒，在我是百试百灵的。哪怕与我一队的队友已经踢到了"八"，我只要连续踢两下便能逃过被降到零的命运，我还是每每能在"九"上停下来，让

109

整队人跟我一同倒霉。

这时候，我便尤其羡慕队里技术最好的那位同伴，真真是身处逆境力挽狂澜，如同孤胆英雄一般，凭借着高超的技术，一个人便能追上对手大半，让所有人击节赞叹。

然而，英雄的命运通常总是悲凉的，特别是摊上了如我这般的"猪一样的队友"，再超绝的技巧，亦架不住有一个巨大的拖后腿的家伙。因此，有我在的队伍，很少能赢。自然，我也很少能享受到赢的乐趣。

念小学之后，同学多了起来，在一起捉迷藏、丢手绢的玩伴亦多了许多。

暑假时，家住得近的几个同学便时常相约，来我家的大院里玩。一个院子的孩子加上各自的同学，人数称得上是庞大了，那时候，大家便会组织玩一场盛大的捉迷藏。捉迷藏的范围是院子的前两排房屋，规定不可以躲进房间里，不可以躲去游戏范围以外。粗浅地定好规则后，便是一群人先玩几轮"手心手背"的游戏，以将那个寻人的角色落实。

所谓"手心手背"，便是大家围成一圈，喊"一二三"后，同时伸出手来，或手心朝上，或手背朝上，只看哪一种人数少的，便要留下来进行次轮，直至决出最后的一个人。若最后剩下了两个人，则再进行一轮"石头剪子布"，输者便要成为寻人的人了。

当寻人者背过身去，开始大声数数的时候，一大群孩子们呼啦一声没命地跑起来，个个一脸焦急，找着藏身之处。有躲在石凳下的，有藏在藤萝架后头的，有猫在墙根边的，有的孩子找不到地方，便将家里的匾举在身边，整个人都蜷起起来，指望着能逃过一劫。现在想想，那情景实在很使人发笑，可那个时候，我们却是极认真的，一场游戏能玩上半个多小时，一个下午也不过只够玩上两三场而已。

玩这类大型游戏时，我的表现算是不功不过，偶尔亦可凭几分小聪明，成为最后的赢家，因此，倒没有缺了玩伴。

然而，在我的心底里心向往之的，还是踢毽子、跳皮筋这类女孩子的游戏。可惜的是，我的水平实在太糟糕了，基本上没有人愿望跟我一块玩。许多时候，看着那群女孩子们分成两队，轻轻巧巧地跳起皮筋，踢着毽子时，看着她们的小辫子与花裙子随着动作欢跃飞舞时，我便会有种说不出的感觉，似是伤感孤独，又似是羡慕嫉妒，还有一丝隐隐的不甘。

为了能让自己早些加入大部队，我开始独自练习技术。外婆找来大公鸡的漂亮羽毛，又找来了鹅毛管与大铜钱，替我做了好几只漂亮的毽子。只要有空，我便在家门口的那一小方水泥地上，发着狠地练习技巧。

这样发狠地练了大约好几年,在我上小学高年级的一天,我居然一口气连踢了四十几下毽子,且还是当着一位同学的面,叫她看得目瞪口呆,算是雪去前耻了。

也就是在那一刻,我的心里忽然便松了下来。一直顶在心头的那团气,便在那个瞬间,烟消云散。那感觉,就像对一样事物钟情了太久,却在得到的那一刹突然心灰意冷,于是,就此丢开手去,我的心情便是如此。而自那以后,我也的确再不曾踢过毽子。即便有同学邀请,我亦不去参加。再往后,读了中学,踢毽子这样的小孩子把戏,自是入不了我的眼了。而那几只漂亮的羽毽,则被我送给了同院的学妹,也算是给它们找了个好的归宿。

教室

踏过那座高大的半月形拱门，便是一条铺了鹅卵石的小路。

小路的两旁是低矮的平房，白墙黛瓦，门窗都漆成了红色，看上去有些年头了。墙壁上印着浅淡的苔痕，阴雨天时，那湿润的青苔便沿墙而上，细细看去，倒像是微型风景里斜铺的草坪，幽幽地绿着，却又是舒展自在得很。门和窗子也已老旧了，红漆剥落了不少，露出里面的锈色与木痕，却不显颓败，反倒有几分在岁月里浸泡过的沉厚味道。

校长室、老师办公室、教务处以及简易的老师宿舍等，便在这一小片平房里。而在平房与小路之间，则隔着一长串不大的花圃。

花圃是由各个班级照管着的，种着最好侍弄的花草，金盏菊、三色堇、含羞草等，矮矮地铺陈于花圃间，衬得那向日葵、蓖麻与美人蕉的高秀，看去超然骄傲，倒是分外地没有草花的自觉。另有两株树龄中等的桑树，便种在小路的尽头，一左一右，掩映着一横

气候宜人的时日，教室里其实还是颇舒适的。窗几明洁，墙面白得雪洞一般，人坐在里头，不待怎样，先就静了心。

排的平房。树叶婆娑间，偶尔可见平房里跑动的孩子的身影，那便是小学低年级的教室了。

每天清晨，自拱门与小路上行过，偶尔便会逢着一两位老师，自那排简易的宿舍里出来。他们或是端了稀饭油条行过小路，或是拿了三两件衣物出来晒。来来去去间，遇见了自己班上的孩子，便在那句"老师好"的问候里，笑微微地点头应下，全无一丝自己的生活常态被学生窥见的尴尬，似是觉得，那手里托着两件湿衬衣的形象，与课堂上执着粉笔谆谆教导的形象，并无太多差别。

春夏时分，花圃里草叶苍翠，间杂着各色的花朵，时常可见高年级的学生拿着喷壶，细细地替那一园的花草浇水，有时候还拿了笔在本子上记些什么，很有田园科学家的派头。而若在秋冬之季，花圃里的风景冷寂了下来，那一根根探出教室窗户的烟囱，便成了眼前最突兀的事物。哑光的金属管状物，便横在不远处的教室窗边，袅袅地升了白烟。那是教室里生了炉子的缘故。三两只煤基，一只煤炉，这简单的陈设，便是教室过冬时的物件了。

南京的冬天，寒冷阴湿，屋里屋外几乎无甚差别，皆是一样的冷到了骨头里去。大约是为了抵制这寒冷，教室的大门上安了厚厚的棉帘子，触手厚重，推开门时，便要多用几分力。窗户则早是全部都关上了，只留出放烟囱的那一小方气窗，开了颇宽的一条缝，应是怕空气不流通的意思。

虽则生了煤炉，那热气却微弱得很，便是拿厚棉帘挡住了，也留不下几分。放眼整个教室，没有一个孩子不是瑟缩着的，只不过怕老师批评，一个个努力地挺直了身体，实在那手指与脚都已冻得僵了。

不知是不是出于锻炼学生意志的考虑，学校里明文规定，上课的时候不得戴手套。这规定对于如我这样怕冷的人而言，着实是一大考验。我记得有一回，老师叫我上讲台板书一道算术题的解法。我站在讲台上，手冻得连粉笔都握不住，掉在地上好几回，摔断了三根粉笔才将一道题答完，末了还是老师将信将疑地问："手就有这么冷？"我点了点头，嘴唇哆嗦着，硬是连声音都发不出来，可想而知那时有多冷。

或许便是因了这寒冬的日子太难熬，故而，我对冬天教室的印象，便只剩了一个"冷"字，再无其他。若真真追忆起来，亦总不能说出多少细节，似是连我的记忆都在摒弃着那种寒冷一般。倒是春暖夏凉的些许场景，我还能忆起三四分来。

气候宜人的时日，教室里其实还是颇舒适的。窗几明洁，墙面白得雪洞一般，人坐在里头，不待怎样，先就静了心，过后才察觉到这气氛的端凝，却又是凝而不重，像是留了几分余地似的，只是将人自内而外的温度，降下了几度来。

座位是固定了的，除非老师看谁太调皮，要将他调到听话的孩子旁边去，又或者是谁的个子突然窜得高了，亦要将之调到后排去坐，否则，同座的人基本上不大换。

座椅是一张长条凳，长度恰好与课桌一样，上涂了一层清漆，一眼望去似还泛着光泽。凳子的宽度中等，足够两个七八岁的孩子并排坐好。没有靠背，自然是要求时刻保持挺直腰背的端庄仪表了。

课桌也只上了清漆，却不及凳子那样新，细细看去，桌上不乏前辈们当年的手笔，例如刻了"王小二的位子"的字样，或者用圆珠笔画的乱七八糟的线条之类的。桌肚则是掏空了的，可以放置书包于其间。

记得刚上小学的第三天，一个调皮的孩子上课开小差，将两条腿都架在桌肚里，自以为很美，还跟周遭的人炫耀。不料一下课，他的壮举便被人报上了班主任那里，于是班主任便罚他，叫他课间休息时也不得将腿放下来，就这么挂在桌肚里。

那孩子当场就哭了，一面抹眼泪，那腿还在桌肚里挂着，偏他还哭得凶，配合着他的动作，成了当时最著名的一个笑话。直到升上高年级时，还有人拿这件事说嘴，让彼时已算是学校一霸的他很是下不来台。

教室里最宜人的位置，还是靠窗的位置。

若是靠着朝南的一面窗，则窗外花圃盈盈，间或有桑叶垂下枝条，望出去，便是满眼的青翠欲滴，风里亦杂着细细的花香，上课时偶尔要开小差时，只需将头轻轻一扭，便能望见那小花圃里的花花草草，迎风摇摆着，最是叫人心旷神怡。

朝着北面的那一溜窗户外，则是一小片操场，时常可见有班级在那上体育课，哨子的声音，老师的口令声，以及孩子们的笑声，亦常令得上课的人转过眼去，看个热闹。

可惜的是，我的座位不靠窗，偶尔出神发呆时，亦只得遥遥地向着两边张望。幸而那时的小学生学业没那么紧，才可容我在课堂上公然开小差，也没落下多少重要的功课。若是重生于当今社会，只怕我的童年，便不会有这般轻松惬意了吧。

唇齿噙香

三

PART 03

凉夏

花圃里的藤萝架上，丝瓜花开得正盛。那软嫩的娇黄色花朵，倒把半面红砖墙给占了去，处处可见它丝缠叶绕的样子。

墙外便是住家的后院，也种了花草蔬菜，还有一株很高大的泡桐树，在盛夏的烈阳下，铺了大片的凉荫出来，让躲着不睡午觉的我，有了可以发呆玩耍的地方。

花圃我是轻易不敢去的。那里种了母亲最宝贝的玫瑰和月季，还有邻家人的葱蒜之类，算是大人们的事物，如无许可，小孩子不得在内捣乱。

暑热的天气里，就算玩兴再大的人，也是有几分恹恹的。天气实在是热，即便站在树荫下，也像是置身于火炉中，重重的湿气漫上来，让人连呼吸都有些困难，宛若被放在透明罐里蒸着煮着。四周的景物，亦蒙上了淡淡的白气。扇子里摇出来的风，也是一股股温热的风。

不知是谁的耳朵尖，突然地便叫："卖冰棒的来了！"

这一声唤，比世界上任何音乐都要美妙，一下子让人惊醒了过来。大家纷纷回到家里，拿出不多的几枚硬币，便向着院外跑去。

快到院门口的时候，果然便听见了极熟的吆喝声："卖冰棒，冰棒来买！"这声音像是带着勾子一样，引得人不自觉地流下口水来。再向前跑几步，那头裹湿毛巾，戴着草帽，长袖长裤全副武装，背了一只木箱的身影，便出现在了眼前。

卖冰棒的人大多是步行的，大约是为了方便一路走一路唤，木箱便背在胸前。有生意上门了，便直接打开箱盖取货收钱。偶尔亦有骑自行车的卖家，那木箱则放在后座上，一买一卖，亦不

过是停车转身的事。

那种木箱子似是特制的，箱盖只可开一半，另一半则是平板一块，权作简易柜台来用。箱子里垫了极厚的棉被，上下左右四面皆围得密不透风，以起到保温的作用。说起来，这保温箱的效果还是很好的，取出来的冰棒上往往蒙着白雾，有时包装纸上还有几粒冰霜，很少会买到化了的冰棒。

冰棒的种类不多，橘子冰棒两分钱一根，红豆或绿豆冰棒四分钱一根，奶油冰棒则要五分钱，最贵的是奶油冰砖，要价一角钱，还不一定有货。

大约是我口味比较特别的缘故吧，我最爱吃的是橘子冰棒，爱它清凉爽洁的味道，那一股子清素的橘子香气，一入口，便叫人不由得心底一凉，吮完一根冰棒，整个人亦像是含了一丝橘香，那凉且甜的滋味，真真是冰到骨子里去。

至于奶油冰棒与冰砖，我却并不特别喜欢，总觉得那奶油落在手上，黏黏的，很不清爽。且那种厚而甜腻的口感，凉则凉矣，却不够爽洁，不如水果味道的冰棒来得消暑。

橘子冰棒的颜色，与橘子倒极相似，只是更红一些，近于绯色，裹在外面的一层纸亦是白中印了橘色的。这冰棒最有趣的地方，便是待吃到还剩下小半根时，将它举到眼前，对着光看，那绯色的冰体通身透明，像一块正在融化的玉一般，好看极了。

赤豆冰棒与绿豆冰棒的顶端,都凝着煮熟了的红豆与绿豆。若是喜欢凉爽口感的,便可大口连冰带豆一起咬着吃,冻得坚硬的豆子与冰渣子混在一起,吃起来很是过瘾。

不过,我比较喜欢的吃法,却是将冰棒吮得差不多了,露出顶端的豆粒来。彼时的豆粒已经被暑热烤得软了,吃起来糯糯甜甜,含着丝丝凉意,入口时,似在品尝一碗冻住了的红豆元宵,或是饮一味冰得极透的绿豆汤。

那时的夏天,可供消暑的冰饮极少,说来说去也就那三五样,却也不叫人生出腻味来。偶尔的,街角会有家店卖冰水,一角钱一暖水瓶,限量供应,每天都有人排队去等。

若万幸买到了冰水,父亲便会倒出半瓶子来,搁在保温壶里,再叫我跑到小街上,买上十来根冰棒回来,不拘什么口味,一并放在保温壶里冰着。到得晚上沐浴过后,乘凉时,便将保温壶拿了出来,家里一人盛一碗冰棒水,那又冰又甜的一线凉爽,由口入喉,再探进心底,就着微凉的夜风,漫天的星光,真真是神仙般的享受,时常叫我吃得忘形起来。

只可惜,冰水在彼时是罕物,排队买得的次数不多,这样的美味,亦不是天天都能享受到的。此外,大人们也怕孩子吃多了冰物坏了肠胃,因此,冰棒之类的,亦是控制着不让多吃。大多

数时候祛暑的饮品，便是以绿豆汤为主了。

母亲与外婆买来绿豆，叫上我一起，搬了小凳子坐在屋外，一粒一粒地择。有虫斑的、瘪着壳的要择出来，石子泥块也要丢弃，只选那干净饱满的豆粒，放在小碗上存着。待择了差不多一小碗后，便将剩余的绿豆收在布袋里，再将拣出来的绿豆放在匾上筛几回，留着备用。

彼时还没有煤气灶，家家户户都用着煤炉。煮绿豆汤时，便生了炉子，将绿豆装进铝锅里，再倒上大半锅水，以大火煮开了，再压上煤基将火调小，用文火慢慢熬。待豆粒开花，那淡微微的绿豆香气飘散出来时，便放进几大匙白糖，烧得滚开了，便端下来，放在通风处晾凉了，便可以喝了。

夏天时，几乎隔天便能喝上这样的绿豆汤，虽不如冰棒那样冰凉到底，却胜在寻常可得，且温而不冰，最是养肠胃。在被大人管着不许多吃冰棒时，绿豆汤便是最好的替代物了，小孩子们也多是喜欢的。

有一年，大约是天气特别的热，大人们怕孩子中暑，便用中药熬了消暑汤来，让院子里的孩子一人一碗喝了。那汤药里大约是搁了很多糖，且几味药本身不算太苦，因此，便连最怕喝苦药的我亦喝足了一碗，滋味甚是不坏。

直至今天，那微甘带苦的滋味亦时常叫我想起，算得上是我此生绝无仅有的美好的喝中药体验了。

萝卜丝与咸金橘

教室里是一片静谧与安宁。

秋意已经渐渐地浓了,湛凉的风在课堂上穿梭来去,翻起展开的书页,拂乱了女孩子的发辫,又携来一段早桂的暗香,清朗爽然,好不自在。

窗外的桑树绿得尚浓,枝枝叶叶横在白墙边,倒像是一挂风姿淡泊的水墨。不远处的花圃间,正立了一位瘦高的男生,执了喷壶细细地浇着一丛金盏菊。淡淡的阳光洒下来,花瓣上晶莹粲然,宛若缀了一层透明的水晶。

这是再平常不过的一个校园午后。老师临时有事出了门,交代我这个最乖的好孩子做一回小老师,站在讲台上给大家讲故事,顺便替她看着这一班的孩子们,有不听话的、闹事的,统统事后上报给她。

彼时的我,才刚上小学二年级,对于做小老师这回事,实在是一万个心甘情愿的。于是,待老师一走,我便站上了讲台,给

小朋友们讲夏天乘凉时听来的神话故事。

我这里刚给故事起了个头,教室的门忽然便被人推开了,门外露出了一张最熟悉不过的脸来,却是母亲。

这不早不迟的,母亲的突然到访,着实叫我满心惊疑。不待我问,母亲对我暖暖地一笑,也不说话,便自口袋里掏出一只小纸包来。包装未曾完全封好,露出了里面的货物,恰是我跟她念叨了好几天的萝卜丝。

在我上小学二三年级时,萝卜丝可谓彼时最流行的美食。差不多的孩子，尤其是女孩子们，若是敢说没尝过萝卜丝的滋味，那真是连门都不好意思出了。而母亲手上的这一小包萝卜丝，便是我花了好几天水磨工夫，好不容易求来的。看样子，母亲是趁着上班路过的便利，将这一道美味给我送到学校里来了。

我盯着那一小袋萝卜丝，心头有些犹豫，不知道是该马上接过纸包，还是该义正辞严地拒绝母亲，告诉她，学校里有不可以带零食的校规。

在本心上，我应该是想取后者而为之的，毕竟我是班干部，自要起到带头表率的作用。可是，看着那干而焦黄的萝卜丝从母亲手里的纸包中支楞出来，生生像是在勾我的魂。往常只在同学那里浅尝过一两回它的滋味，此番却是有满满一包放在眼前，那酸甜的香气直扑进鼻端里，我那张脸，便怎样也绷不下来了。

犹豫了几秒钟，我毫不迟疑地接过小纸包，将美味妥妥地装进衣袋中，再与满面笑容的母亲作别，全不顾同学们小声的非议。甚至，在摸着那鼓鼓囊囊的衣袋时，我的心里竟还有隐隐的几分心满意足。

这可是许多人都买不到的吃食呢，不是因其稀少，而在于其价高，可不是几分钱就能到手的，非得要大人愿意买才行。此刻，整整一包美食在手，怎不叫人心花怒放，哪里还管得同学的非议。我是恨不得立刻就能放学，好让我细品这人间至味了。

匆匆忙忙地讲完了故事，老师也办完了事，回到了教室。接下来发生的事情，我全然记不清了，只记得，那一天放学后，我是与平常玩得极近的几名好友一同走的。自然，这一路上，每个人的手上，都有一小捧萝卜丝。

拈起两三根细细的萝卜丝，放在口中慢慢咀嚼。那萝卜丝应是焯过水又晒干了的，颇含了几分韧性在里头，并不容易含化。而它的口感，却亦因此而显得格外耐吃，很是能够拿来磨牙。此物的滋味亦颇繁复，甜、咸、酸，还含了五香料的味道。噙在口里时，便像于唇齿间旋开了一小排调味瓶，每一次细品，都是一种滋味。那甜酸纠缠的味道，难以简单述尽。

说起来，童年时代的流行美食，也不过就那几样而已。而这其中，又以萝卜丝与咸金橘最叫我难忘。大约是因了这两样皆是味道劲足，容易叫人印象深刻吧。

咸金橘的风行算得上历史悠久。几乎是从幼儿园起，这味吃食便是孩童世界里最普及的美味，便是没听过咸金橘这文绉绉的学名的，"老鼠屎"三字一出，所有孩子立时心领神会，没有不知道的。

与萝卜丝相比，咸金橘的外形可要不起眼多了，那黑黑的颜色，还真与它那不雅的绰号极类似。不过，它的长处亦胜在一个"小"字，只一小捧，便能让人品上半天，且其滋味之细腻，更是出于前者之上，也难怪长盛不衰，至今依然还偶能一见了。

这并不起眼的吃食，陪伴了我相当长的时间。直到念高中时，我还经常会买了它来吃。它的味道，入口时是极致的咸，当得起它名字起首的那个字。而若再细品下去，则又变成了香。那是一股说不出的味道，异香异气的，似是丁香与其他的香料混合而成的，叫人一言难尽。而它最后的回甘，则是淡淡悠悠，绵延不尽的甜，纯粹且不含杂质，自舌尖至喉头，无一处不被它顾及，将人的味蕾照顾得妥帖极了。

如此丝丝入扣、一波三折的滋味，小的时候，还真是不能领会得到。那时的我，常常是往嘴里塞上好几粒咸金橘，连嚼带咽地急急吃下，就如吃糖一般。这样的吃法，自然不会觉得它有多么美味。

只是，彼时的吃食实在不多，咸金橘一来价廉，二来物亦不算差，且它回甘的那一缕甜，亦总算是真真切切的。所以，大多数孩子平常吃不着别的，咸金橘则是肯定尝过的，同时亦是总忘不了它的。

待我能够略略体会出食物里的万千滋味时，萝卜丝早就不大常见了，少女之间开始流行其他的吃食。咸金橘倒还一直都能见到，偶尔闲得无聊了，我亦会买上一小包来，去品一品它那种特别的味道。

说起来，咸金橘一物，至今都不曾真正绝迹。那些爱怀旧的中青年们，时常会借着回味往昔的因由，将它买回来尝一尝。只是，没有了曾经的老式学堂与青葱旧友，这孤零零的一味吃食，便也似珍珠失了光泽一般，只剩下了它那古怪的味道。放在今天的都市里，这样的味道，青涩朴拙得没有一点技术含量，倒还真有几分不合时宜了。

猫耳朵

落雪的时日,巷口的那条小街上,便是干干净净的一片灰与白。

灰色的是墙壁,以及铺在街上的大块水泥石板。这些原本木然无趣的事物,被厚厚的白雪拥着,倒像是素手里托着的一枚灰石印。墙面板上若隐若现的苔痕,便是石印上雕镂的阴纹,转折回环,是一曲意难平的长调,又似是一腔子言说不清的心事,倒是不说也罢。

沿街的人家,户户红瓦垂檐,却不是风铃吊角,而是坠下长长短短的冰凌子,林立了一排。远远看着,很有几分长剑倒悬的肃杀相。若非有这一片素白衬着,只怕还要再增上些气势。

白天阳光好时,那冰凌也是与这灼然不相干的。仿佛自它身上落下的颗颗水珠,不过是它剑下挥去的清泪而已。唯有夜来时,月色相迎,星光辉映,满世界的白雪皆做了它的芥子倒影,这屋檐下的一列萧冷莹光,才会融在这银白与深灰的交汇处,将小街上的风景，衬得越发素净可爱。

时近年关，孩子们早放了假，却苦于天寒，不能整日里四处疯玩，被大人拘在家里苦熬着。虽说过年的气氛总是欢悦喜庆，但孩子能插得上手的事却是少之又少。唯一擅长的"吃"这一项，亦因了年关未到，大人们往往收束得很紧，倒不敢让孩子吃得太多，以免大过年的闹出病来，那可就不美了。

我就曾在过年前生过病，还是最要不得的停食着凉。那一天，恰好便是大年夜的前一晚。我躺在漆黑的屋里，隔壁房间的暖黄色灯光，自门缝里漏了几束进来，却终究是与我隔了一层的了。饭菜的香气，低声的轻语，便像是一群软翅的鸟儿，轻盈地

飞扑进来，绕了一圈，又返身离去。只剩下我独自一人，肚子痛、喉头紧、胃胀，难受得简直想要哭。尤其是想到父亲亲手做的那一味蜜汁红枣，那样清甜甘凉，是每年过年最受欢迎的一道美味，亦是我最爱吃的，此刻却是吃不得了，那满腹的委屈，更像是水里的气泡，一咕嘟一咕嘟地往上冒，酸中带着苦，叫人的心都跟着酸了起来。想来，便是这样的原因，大人们过年前的饮食管束，也是十分必要的了。

虽是如此，大人们却也不是一味地禁吃禁喝。一些好消化的食物，只要不是吃得太多，倒也不是不允许。

也正是因了如此，每当听到巷口的小街上，传来那惊天动地"通"的一巨响时，多数的家长便都会自家里匀出一把米、一小袋玉米粒或是一捧切成片的年糕，再给孩子们几分钱，由得我们飞奔出院子，奔向那个既熟悉又期待的身影。

确切说来，那一道身影于我们的意义，便如今天的圣诞老人之于孩子。是年末时的奖赏，亦是最真切的幸福与快乐。

虽然他没有牵了驯鹿、驾着雪车，亦没有雪白的大胡子与碧蓝的眼眸，可是，在我们眼中，那个穿着一身破烂棉袄，头戴棉猴，操动着一架移动的小锅炉，坐在街边一手摇风炉，一手送铁锅的人，便是我们这一季所有快乐的源泉。

在我们大院，大家皆叫他做"炸炒米的"。

严格说来,这名字并不妥切。他不只炸炒米,还可以炸爆米花、猫耳朵、蚕豆、黄豆等等。一小把原料,一粒糖精,几分钱,便能让你装了满盆满钵地回去。那或雪白,或焦黄的一捧,堆在竹匾里冒了尖,热烘烘的香气,像是从食物里化出来似的,透着膨松与清脆,还透着温暖与喜气,将人的心也变成了松软的一捧,轻飘飘地便上了天。

炒米与爆米花是比较耐吃的,放在饼干筒里,可以存上一个月。天寒地冻的,且不怕它坏了去。猫耳朵却不经吃,它个头大,吃一片是一片,很快便见了底。

刚出炉的猫耳朵，风味最佳。松、脆、柔，入口轻盈，像是一片羽毛刮在口中，又似含住了一片云朵，蓬松柔软，却又带着一股脆爽劲。而不待你细嚼，那白云轻羽便又成了棉花，兀自软了化了，最后在你口中成了一汪水，甜甜地暖到腹中。

无论是炒米还是猫耳朵，便多吃了些，大人们也是不大管的。知道这膨膨松松的吃食，看起来多，真正入腹的，也不过就是几粒米、几片薄年糕的事，危害不算太大。因此，冬天的时候，家家户户的大饼干筒里都会存上一些。有时候饿了，还可以用开水炮了炒米，放些糖，趁着炒米将软未软的时候吃了，亦是既可口又解饿的美味。

那炸炒米的来过两三回，饼干筒里的猫耳朵亦跟着厚薄了几次，这一季漫长的冬天，便过去了。干净的灰白色街景，渐渐变了颜色。黑土地露了真容出来，空气里开始有了温润的味道，便连街角冻住了的那一团残雪，也渐渐地没了影。

一切皆由枯向荣，静下来时，似乎能听见草芽破土的咿呀声。孩子们憋了一季的欢腾，亦重新起了头。唯一的遗憾，便是那炸炒米的不来了。便是偶尔来了，也只能炸些炒米出来。天气暖了，年糕之类放不住，谁家里也不会有，那松软的猫耳朵，自然也是吃不得了，倒叫人生出偌大的遗憾来。

我酷爱吃膨化食品的陋习，大概便是从彼时开始的。

直至现在，我依旧本性难移，时常被父母拿来说嘴，其中又以父亲为甚。他曾专门将报纸上关于膨化食品的负面报道剪下来，端端正正地放在我的书桌上给我看，自己却不置一辞，想必是希望以无声的教诲，将我教成不乱吃零食的好女儿。

我其实也是知道的，膨化食品的种种坏处已经被无数人说过了。只是，这积习二字，又哪里是容易改掉的？有时候，我倒真是希望那炸炒米的圣诞老人，能再度回到城市里来，我也就可以弃掉那些添加了无数辅料的薯片虾条之类，改吃现炸的猫耳朵、炒米和爆米花。想来，那小小的一粒糖精，以及少量的煤屑之物，也是比超市里买的薯片虾条之类，要环保干净得多了吧。

泡泡糖

清晨将醒未醒的时候,窗外便有鸟鸣间关。

画眉的声音我是听得出的,婉转悠长,像是风里飘坠着的一根绣带,转折不尽,宛然绵绵无绝期;芙蓉的鸣啭,亦是我听得熟了的腔调,灵动婉丽,恰如晶珠落入玉盘,"嘀呖呖"地转个不停。

我阖了眼,躺在睡房里,听着那一递一声的啼唤,悄然透过薄薄的纱窗,围了堂屋轻盈地转过一围,自门缝里筛进来时,只剩下几痕细细的声线,在我耳边厮磨着,转折不去。我想象不出那鸟儿啼啭的模样,却知道,那必定是清越的,似春天的风拂过水面,丝丝凉意浸上心头。

外婆在堂屋里走动的声音,也杂在画眉与芙蓉的啼声里,还有后窗根下传来的隔邻的洗漱声,亦与这间关啼啭糅在了一处。这声音,并不如何动人,却像是有着一种魔力,时常便让我假寐了过去,睡一个香甜的回笼觉。

不过，懒觉睡到九点钟，却也是不能再睡了。不仅外婆会叫我起来，亦时常有邻家小姑娘在门外唤我，叫我与她一同做暑假作业。

父母工作繁忙，常常早出晚归，倒叫我享受了极大的自由。早上睡懒觉便是其中的一项，此外还有做作业可以不急，先拖着，待到三五天积下来再一鼓作气地写完。父母忙得很，没时间检查的我作业，这也给了我偷懒的机缘。

草草梳洗完毕，搬了小椅子与方凳出门，就在家门口的花圃前，我与邻家的小姑娘一起，一面扯些小孩子的闲话，一面写暑假作业。

小姑娘的父亲酷爱鸟雀，家里养了一笼画眉，一笼芙蓉，后来又添了一笼鹦鹉。屋檐下挂了一排，竹笼青布，笼上一柄如月弯钩，却是用来挂住笼子的。鸟儿们的食水皆用了精致的小瓷碗，里头装了碎谷粒与清水，打扫得极洁净，算得上是鸟雀精舍了。

在满院的夏日轻风以及鸟儿婉转的鸣叫声里，我花上大约一个小时的时间，拖拖拉拉地写完两页作业。随后，便是帮外婆做些简单的家务，比如择菜之类的。

之所以帮外婆做活，倒不是因为我有多么的懂事。天可怜见，那时的我整天玩都玩不过来，哪里有闲心去做家务？如此作为，不过是因为父母早就交代过，若每天的表现都好，帮助外婆干些力所能及的事，便会有奖励。而这奖品，便是各式各样的糖果。这其中，又以泡泡糖对我最有吸引力。

在物质匮乏的年代，大白兔奶糖已经是高级货了，泡泡糖则更上一层楼，不只成了稀缺的高级货，同时，还有那么点时髦洋气的味道，似乎只要吃上了泡泡糖，便是见过世面的人了，足可

以拿来在同伴里炫耀。

最早的泡泡糖,是那种包装在紫红色与白色相间的纸里的。大约有小指粗细,长度在五厘米左右。

这种泡泡糖,入口时口感粗粝,似是有一层细沙渗在糖里,气味极是清甜,时常能汪了满嘴甜津。对于始终处在缺嘴状态的彼时小儿来说,能够不将它一口吞入肚里,也是很需要点定力的。

咀嚼上片刻之后,甜味渐渐淡去,那一层细沙亦似是化了,胶糖本身的滑与韧显现了出来。到得此时,便可以用它吹出泡泡来了。此时,若是几个孩子聚在一处吃,那真是喧闹得很。大家比谁吹的泡泡大,时间维持得久,谁吹出的泡泡能爆出响来,等等。几个人边吃边玩,还时常用手去戳那白而大的透明泡泡,自以为得趣。而今想来,那时的我们,实在是很缺乏卫生常识的。

大约是怕我吃糖太多,或者是不小心吞了泡泡糖在肚里粘住肠胃,父母对我的管制还是相当严格的。隔三五天才会有一次奖励,且拿到我手上的,总是只有半块糖,每每叫人吃不尽兴,牵肠挂肚得很。也每每刺激得我更加卖力地做家务,希望以更好的表现,赢得更多更大的糖果。

没过了多久,我拿到手的泡泡糖又多了新品种。这种泡泡糖装在淡绿色的包装纸里,与今天的绿箭口香糖很类似。它的样子比最早的那种薄一些，宽一些，香气愈发浓烈，甜味则淡了几分，吹泡泡的效果亦不如前一种好。

然而，因了它是新的，时髦的，所以，孩子们还是很流行吃它。有时候，偶尔带了一块到学校里，显摆给同学看了，也能享受到几分得意之感。

待我念中学时，学生里流行的，已经是那种橡皮大小的泡泡糖了，外面的包装纸亦花团锦簇，我还曾经专门收藏过一段时间。相较而言，这应是所有泡泡糖里最好的一种。块头大，甜味持久，口感也特别细腻，且很容易吹出极大的泡泡来。我就亲眼见过有人用它吹出了绝大的泡泡，几乎遮住脸去，叫旁边的人好一阵惊叹。若是彼时有手机与微博，只怕那张惊人的照片，立时便能红遍网络。

只是，那时的我，对泡泡糖早已情淡，虽偶尔亦会吃，却再不似儿时那样，心心念念地想着它了。

有时想想，这心境上的转变，倒也颇有些意趣。

人生是件辛苦事。红尘十丈，谁都有走得艰难的日子。年岁越长，这感触便越深。年少时，尚不知前路困苦，所以才有余情余裕，去为自己吹出一个大大的泡泡来。那糖果入口时的甜美即便淡去，还依旧有透明的泡泡带来欢愉。现在看来，这也不过是年轻人挥霍光阴的轻狂之举罢了。

如今，几十年的辛苦路走下来，曾经的翩翩少年变成了面目可憎的社会人，便鲜少会有人耽于那些不切实际的幻想了。虚幻的泡泡总有破灭的一天，人生亦不尽是甜美与梦想，总还有些艰涩的、难堪的、无人能言说的苦衷。

故而，人上了三十岁，便不大会去吃那种泡泡糖了。口香糖倒还常吃，却是为了自身健康，或是社交、职场规则所囿，有着极强的目的性。此种转变，虽迹近于无情，然斫去了那些枝枝蔓蔓，倒也有几分简断利落，不失为人生的一种境界。至于这境界究竟是好是坏，则是见仁见智，难下断言了的了。

零食记事

　　午后的小街上,行人寥落,阳光滤过泡桐树,落下懒散的几痕淡影,一脚踏上去,亦觉不出多少热来。

　　究竟已是秋天了,再好的阳光,一过了午,便显出了它的淡薄,似是对这尘世深情不再,只虚应个景,将一幅浅金色的轻纱,铺展在屋檐与树叶间,便再没了余力。照上身时,亦只剩下几许极淡的暖意。

　　下午的上学时间是一点半,而我却总会提前四十分钟出门。其实,家离学校并不远,步行十五分钟即到。然而,这一程上学的路于我而言,却是万分艰难的。小街上的那两间杂食店,就像是千斤重的两块大磁铁,将我牢牢地绊在了路上。

　　一角八分钱一袋的咖喱牛肉干,对于念初中的我来说,着实是天价。而越是得不到,便对它越是舍不下。每常路过杂食店,我都会走进店里,对着这包装在淡黄色纸里,纸上印了一头黄牛的美食,默默地行注目礼。

然而，摸一摸口袋里所余不多的零钱，却也只能目注于它罢了，买是买不起的。倒是柜台上的玻璃缸里，装了不少的零食。

头一缸便是香草话梅，梅果上粘着嫩黄色的甘草。与一般的话梅比起来，它显得干燥些。那略带几分药香的甜味，似是一直钻进了我的心里，叫我好一阵心痒。这种梅子不贵，一角钱可以买上好几粒，在我可以负担的范围内。

此外，桃片亦是很吸引人的。它的个头比话梅大了许多，每一枚虽只有半片，却能塞了满口。而更重要的是，桃片香甜浓郁，芬芳里含着淡淡的苦，愈是细品，滋味便愈长，便连那极浅的一分苦涩，亦能叫人品出别样的清香来，在女孩子中很受欢迎。

还有小圆糖，可爱鲜亮的滚圆小糖球，装了满满一缸。柔软的嫩粉色、清新的浅绿色、纯净的淡蓝色、娇娜的鹅黄色等，这嫩馥馥的色彩，只是这样看着，便已叫人口齿生津了。它的价格亦不贵，一角钱一整包。

自位于小街中段的杂食铺，到位于街尾的烟纸店，午后的上学路上，我时常便在这两间小店里纠结良久，却往往是空手而回。因为，这诸多零食里，最最勾动我馋虫的，还是咖喱牛肉干。为了它，其他的零食皆是可以抛下的。再是嘴馋，我亦能坚忍挺住，不受诱惑。而这种牛肉干，在我的印象中，则是比现如今所有的牛肉干都要好吃数倍的美味。

打开包装袋，里面是一层透明的薄纸，那深黄色的牛肉干，便在这薄纸里若隐若现。拈起一粒送入口中，极深切的咖喱香气立时便在口中弥散开来，快得叫人来不及细想，便已是满口浓香，其深厚直抵腴美，却又无一丝油腻膏脂气，干香浓郁，回味无穷。

据我猜想，这牛肉干的原料大约多是些边角料，因此，一包里倒有半数是牛筋。入口后，咬之不尽，嚼之不竭，却又腥味全无，只余咖喱与牛肉的本色香气，可见烹制得非常到位，叫人越食越有味，直至今天回想起来，还是满口生津。

细细想来，彼时的零食种类，说多不多，说少，却也真不算

此刻,当我写下这些文字时,口中余味似犹未尽,而斯人却早已置身光阴的彼岸,与我隔了整整一个尘世。

少。仅是我能记起的,便有干桃片、各式话梅、糖渍杨梅、腌青杏、葡萄干、咸金橘、萝卜丝、玫瑰花生粒、五香瓜子、奶油瓜子、各式果脯蜜饯以及各类糖果等。这还没算上奶糕、京果条、炒米糖之类可果腹的零食,数一数,也算是颇为丰富的了。

此外,彼时还有一种冲泡的饮品,也可算作零食,名叫麦乳精。它与奶粉一同,被划归在滋补品范畴。外出探望病人或亲友往还之间,这两样送上一瓶,便算得上是很得体的了。

麦乳精冲出来的颜色,是淡淡的咖啡色,味道类于可可,却比今天的可可饮料要清淡多了。几大匙挖进杯里,冲泡出的味道亦并不浓郁,唯有甜味变得重了些。而奶粉亦是与之相同,冲出来的味道颇为寡淡。因此,那时的我非常喜欢将这两样饮品干着吃。挖一大匙粉末出来,直接送入口中,不仅奶味与可可味浓郁,且还能在口中咀嚼,吃起来相当过瘾。此种吃法的最大妙处,便在于动静较小,不需要动用杯子与开水瓶，实乃偷嘴之最佳方式。

至于瓜子、花生之属，则为过年必备之零食，此外还有花生糖、交切片、芝麻糖之类，亦是过年专门用来待客的美食，家家户户皆将之摆在桌上，通常为四碟，富裕些的人家便摆上八碟。邻居家的小孩子来拜年了，便抓上一把送过去，算是全了礼。

那时候，过年最开心的事，便是去各家里拜年了。整个大院走上一圈，就算穿上口袋最大的衣服，那零食也装不下，人人都是满载而归，一路走一路吃，那种富足的感觉，便像是拥有了全世界一般。

除此之外，一些自制的零食，亦成了彼时各家的不传之技。外婆会便做一种很好吃的咸豆子。先买了毛豆来，剪去头尾，选

出豆粒饱满的,放进开水里大火煮,水里加上盐、大料、八角等物。待毛豆煮熟了,便将之平铺在匾上,放在烈日下晒干,其后,再拿到通风背阴处放着,这样风干个十几天,直到那毛豆已经干得蜷了起来,表皮都快要变脆了,再将豆粒剥出来,便可以吃了。

这种豆子,既咸且鲜,韧性十足,风味绝佳,最是宜于用来佐以看书或写作业,滋味绵长,叫人回味不尽,直至我读高中时,我还会时常央了年迈的外婆,为我做咸豆子来吃。

此刻,当我写下这些文字时,口中余味似犹未尽,而斯人却早已置身光阴的彼岸,与我隔了整整一个尘世。那些儿时的零食,有些已经不再,有些却是式微。至于那咸香美味的干豆子,则再也无人做给我吃。唯有在记忆的深处,那鲜美的味道还依旧留存着,供我时时回味,唏嘘不已。

南北有佳味

前些时读张岱《陶庵梦忆》，其间"方物"一篇，专说明代各地风味美食，水果如北京的苹果婆、南京的套樱桃，蜜饯糖果则苏州的橄榄脯、福建的牛皮糖，佐餐佳肴亦有苏州带骨鲍螺、台州江瑶柱等。虽这种种风物，与今时已相隔数百年光阴，那字里行间的美食香气，却依旧鲜洁动人，叫人一面读着，一面似是口齿噙香，兀自回味不已。

说起各地风物佳味，倒叫我不免想起许多年前南京的几家商店来。记得彼时，惯好美味的父亲，是南京各大食品店、水果店及南北货商店的忠实顾客。逢到季节转换，只要有余暇，父亲便必会骑了自行车，去各色店铺里转一转，带些干鲜果物、果脯肉干之类的回来，给一家人解馋。而我，自然是其中最得享受的那一个。

很小的时候，父母便已习惯用美食安抚我了。彼时，他们的工作非常忙，中午难得的空闲，常常要以午睡解乏。而那时我还太小，正是黏人的时候。为让我安静地独自待在一边，父母便将时常买了江西贡橘、福建桂圆、本地樱桃以及新疆马奶葡萄等美味，装在一只小篮子里，再将我安置在小椅子上，竹篮则墩在我的膝上，嘱咐我乖乖的吃东西，不要出声。

于是，我便坐在安静的房间里，在午后暖暖的阳光下，一个人静静地品尝美食。

那一应贡橘、桂圆、樱桃、马奶葡萄等，皆是父亲在一间很大的水果店里买的。那家店便在胜利电影院旁，专售一些市面上难得一见的水果或干果，价格颇高，质量亦是极好。

江西贡橘既小且甜，无核少筋，入口嫩软，甜甜的汁水四溢

开来，比现今街上卖的贡橘要美味多了；桂圆亦是薄壳，果肉黑得发亮，又有几分剔透，似深色的琥珀一般，果核极小，果肉却很厚，味道极甜，亦是比今时的桂圆美味；还有樱桃，比起今天的樱桃，要小上几圈，颜色是鲜艳的红，放在阳光下，更是红得耀眼，偶尔亦有深橙色的果子，亦是鲜亮可爱得紧，这樱桃的口味不如今天的甜，而是淡淡的酸甜口味，果肉脆嫩、汁水清鲜，像是刚自树上采下来的一般，极是新鲜；至于马奶葡萄，这是我唯一吃不多的果物，因为太过于甜，似乎每粒果子里都汪了一泡蜜水一般，稍稍吃多些，牙便要倒了，所以，若是中午给我留了马奶葡萄，我便只好吃慢一些，以免牙疼。

那一个小时的光阴，便在这精美的果物陪伴下，静静地度过了过去。父母一觉醒来，时常便发现小篮子里的吃食去了一大半，而我的脚下则果壳堆砌，一副吃到好处的模样。

初时，他们颇为惊吓，生怕我吃坏了肚子。久而久之，却发现我吃旁的不行，唯独吃零食，那胃口总是好得惊人，他们便也就习以为常了。

除却水果之外，各地的佐餐佳肴，亦时常出现在家里饭桌上，为一家人添菜加味。这些佳肴，则大多是在长江路南北货商店里买到的。

印象比较深的佳肴，是一味虾籽鲞鱼。粒粒虾籽清鲜爽口，鱼块则是被各类佐料腌制过的，咸鲜可人。入口时是浓浓的咸香，嗣后则是虾籽的清鲜与鱼肉的干鲜，两相作用，滋味难以尽述。而最后落入喉头的，则是淡淡的甜鲜之味，其美妙繁复，宛若千重花瓣在口中绽开，每一层都是一番滋味，直叫人觉得词穷。以之佐酒或下稀饭，最是相宜。

说起来，南北货店里的零食倒真不多，主要还是以干鲜货为主，其中，我们家每年过年吃的海蜇与海带，便都是在南北货采买来的。还有采芝斋的瓜子、豆干，正宗四川榨菜、金华火腿、本地素火腿、各种腐乳，以及江浙一带的糟鱼、咸肉等物，亦可在南北货商店里买到。这些货品都是相当紧俏的，想买要趁早，否则便要空手而回了。有些美味，父亲亦只得买到一两回而已。餐桌之上，亦并非总有这些稀罕之物可吃，还是家常饭菜的时候居多。

比起这两处商店，彼时位于鼓楼的一间大食品商店，那里头卖的货品，才真正是最合我口味的。比如酒心巧克力、牛肉干、肉脯等，皆是些既精致又美味的吃食，对于尚为小儿的我而言，这些或浓香醇厚或鲜美甜腻的美食，才是真正引动我肚肠的诱惑，叫我再难拒绝的。

我记得有一种散装的巧克力，每一块都极大极厚，盛在透明的瓶子里，若想买时，便叫服务员取一块出来，在秤上称了重，亦不切碎,便这样整块地拿回家。

那样大的一块巧克力,我在此后的岁月再不曾见过。如此足量的美味,其诱惑不可谓不大,而此种吃法亦真真是豪爽得很。我那一口的蛀牙,大约便与这霸气十足的甜食有着极大的关联。

此外,这家店里卖的肉脯,亦是美味到了极致了的。即便彼时的我,新牙尚还未换全,对于这肉脯亦是爱极,那一股焦香里蕴着油脂香气的味道,每每令我垂涎不已。用它来下饭,必定能多吃上半碗。

说起来,肉脯一味,我到今天还是爱吃。只是,今天的晋江肉脯,即便是于当地买下的,那味道亦总像差了几层似的,全不似我儿时吃过的那般醇正香甜,说来很是叫人惘然。

位于鼓楼的这家食品商店,直至我成年后还依旧开着。只是彼时,超市渐渐在城市里风行开来,各类美味小食亦层出不穷,如它这般旧式商店的没落,几乎无可避免。

原本,店铺的二楼还卖着汤包,亦是上世纪末南京城的著名小吃。然而,随着店铺的萎缩,这名噪一时的小吃,竟终泯然于尘世,直至最后,便连整间店铺亦被新的建筑取代。那曾经香甜了整整一个时代的食物香气与红尘烟火,亦与这店铺一同,消失在城市变革的步履之下,再也无迹可寻了。

温酒

酒至微温时，便可以开锅了。那只银色的小锡壶，温度刚刚好。细而弯的一握弯柄，触手之时，水汽氤氲，温凉宜人。壶盖的圆顶上，蒙了一层细细的汽汗水，被暖暖的灯光照着，泛出温润的光华，却是陈年珍珠的色泽，流转之间，并不夺目，而是淡淡的柔婉与安闲。

枣红色的小方桌上，早已铺了白底碎花的塑料桌布，桌上盘盏林立，恰是一整桌的好菜。青瓷碟里盛了凉拌海蜇头，雪白的海蜇上洒了些绿葱末，底下铺了醋与糖拌的调料，青白绿绛，只看着，便是一种洁净的欢喜。蓝边海碗里装着的，是切好的风鸡，上锅蒸熟了，白腾腾的热气冒上来，携了一股鲜香，诱人极了，一望便知外婆的手笔。摆在四围的六盘粉荷小圆碟里，一碟干切牛肉，一碟红肠，一碟叉烧肉，一碟凉拌皮蛋，一碟凤尾虾，再一碟，则是我最爱吃的蜜汁红枣，是父亲亲手做的。那几碟肉菜虽是买了国卤的现成菜，其刀工却精细，摆放得花团锦簇，举家里也唯有父亲，才得有这样的耐心与细致。

暖黄色的灯光漾了满屋，映衬着这一桌子的美味，那一份喧哗热闹，已到了十分。一家人分了座，团团围住小方桌，一面大快朵颐，一面听着窗外的爆竹声，心中是温暖宁和，亦是欢喜快乐，尤其在我的心里，更是狂欢一样地欢喜着。

因为，每一年里，唯有在大年夜这一天，小孩子是允许喝一点酒的。

银色的小锡壶端上桌来，父亲执了壶，向母亲和外婆的杯中，各注了半杯酒，自己则是满满的一杯。那酒汁是微暗的黄色，光泽透亮，汪在杯中，似是汪了一块琥珀。即便与我隔了几个座，那醇厚的香气亦飘送而来，不待饮，便已有了几分醺醺然。父亲说，那是陈年花雕，冬夜里喝一盏，温和暖胃，只是后劲大，不能多喝。

我闻着那浓冽的酒气，不免有几分嘴馋，父亲便用筷头沾了一点给我尝。酒汁甫一入口，我那刚刚冒头的馋劲，立刻便烟消云散了去。那不苦不酸的味道，实在不够美味。再看大人们喝得眉眼舒展的模样，我有些不明白，这样难喝的东西，他们怎么就能喝得下去？

外婆见我这不甘的模样，便笑着起了身，不一会儿，端了一只青瓷大海碗进来，拿起我面前的小酒盅，向里面细细地注了半盏的液体。

我端起酒盅,凑到眼前细看。杯中的液体呈乳白色,比牛奶略清浅些,白得并不彻底,且那白色的最上面一层,晕了一层淡色,像是牛奶里掺了水似的。再仔细嗅一嗅,淡淡的酒气和着糯香,以及若有若无的酸甜味道,一并纳入鼻端,倒叫人一时也分不清,究竟是酒气醺人,还是糯香款款。

外婆说,这是米酒,是拿了自家里的糯米酿的,没什么后劲,我尽可以喝上半盅。

这宛若牛乳般的酒色,一开始便吸引了我,既得了大人允可,我便再没了顾忌,仰起头,抿了一口酒。

却不料,酒一入喉,那一缕相思便此种下。此后经年,无论岁月如何堆叠成泥,那时光又如何落花成冢,这一份绵绵不尽的思念,却似早于多年前的那个大年夜里,深深地扎下根去,长成了翠叶浓荫的大树。每一回顾,那满树的青翠,便令我的心一阵欢喜,又一阵苍凉。

这样甜美微醺的温糯酒香,自那顿年夜饭后,我便再也不曾品尝。

虽然此后,我又与家人一同,度过了许许多多个温暖喧闹的大年夜,亦有过举家祝酒的幸福时光,然而,那杯中的酒,却总不如多年前的那一盏那样美味,那样叫人念兹在兹,此心不忘。

或者，有人会以为我好酒。而其实，我的那点酒量，说出来只怕要笑掉人的大牙。一小杯红酒我便要醉了，啤酒亦只有半杯的量，且我平常亦很少饮酒，便有饭局聚会，亦从来是一杯热茶了事的。

然而，对米酒的热爱，却像是刻在心底的烙印，怎样也淡不下去。那甜中带酸的味道，含着温暖的米香，只是想一想，便已经叫我的心也跟着暖了起来。

细细想来，我与这米香，倒也真有几分缘分。

母亲曾说过，在我很小的时候，因为工作的关系，她与父亲不得不将我送到乡下外婆家，由一位在乡下雇的奶妈带我。据说，那个奶妈白净瘦削，样貌秀气，人亦极好，只是奶水却不够。彼时的乡下没有奶粉，更遑论营养品了，外婆无法，便用了山芋熬成糊糊来喂我。后来，见我实在瘦得不成样子，又每天喂我喝米汤，才算是让我长胖了些。

我想，大约正是有此前因，才会叫我对甜而糯的米酒，生出如此深厚的念想吧。说起来，那米酒的味道，可不就是与米汤极相似么。虽然彼时的我根本毫无记忆，然而，那舌尖味蕾，却想必是有着自己的潜意识的，它们替我记住了曾经养育我的味道，一经触发，自然便深入骨髓，相忘而不能了。

这样说来，从小到大，我倒真是极爱喝米汤的。记忆中，直

至念了中学，我还时常会厚颜地向外婆要米汤喝。

那时的大米也是真好，煮出来时，上面似浮着层油光。每逢米饭煮开时，那一阵浓香甜糯的米饭香气，能将整间屋子都填满。这味道，时常叫我生出一种格外的喜悦，似是整颗心亦无比丰足了一般。外婆打开饭锅，拿了瓷汤匙，细细地撇出一小碗米汤，加些糖，催着我趁热喝了。一碗下肚，又甜又糯又黏，叫人浑身都暖洋洋的。

现在的我，自然不会再喝米汤了，唯恐糖分摄入过高，于身体无益。至于米酒，则是遍寻无着。超市里的米酒酒气太重，我是无福消受的。倒是有些米浆类的饮料，还能叫我回味出几分彼时的滋味，偶尔饮上一瓶，也算是聊胜于无了。

馄饨摊

柴火小馄饨出摊的时候，长巷里的那几丛紫茉莉，早已化作了春风细雨里的一痕浅香，被季节的足印覆住，便此没了踪迹。

天气一日日地凉了下去，巷子里的行人明显地少了。那沿着长巷相对而立，雅舍精洁的两列朱门灰墙，被一阵紧似一阵的秋风吹着，亦不再如夏日那般，敞开了大门，只将纱门用一只铁钩拴着，或是遮了半幅碎花棉布帘子，去借那巷弄里的穿堂风来纳凉。此刻，家家户户的大门皆是闭得紧紧的，偶或有人开了窗，亦是只开半扇，全没了盛夏时门户大开的豪侠气。

也唯有在这样的日子里，那个卖柴火小馄饨的中年男子，才会在这巷弄里出现。

他的年纪介于三十至五十岁之间，个子颇高，瘦长的脸，眉目温秀，看着就是个好脾气的模样。叫人印象深刻的是他的发色，既非黑色，亦不曾染了白霜，却是一种深灰的色调，衬着他的眉眼气韵有一种奇异的反差，既可说他是略显苍老的三十壮年,亦可说他是相貌年轻的五十老者。

　　大约他家里是有着别的生意在做着的吧,故这馄饨摊出摊的日子并不一定,有时连着几天都见不着人影,有时则是连着来。

　　出摊时,亦不用费多少力气去等他,只要转过巷口,隔了老远便能看见那摊子上冒出来的热气,再走进些,便有热飒飒的胡辣香气,和着葱蒜的辛香,以及面皮与肉馅在水里煮熟了的鲜香之气,一阵阵地漫到鼻端里去,闻着便先觉出几分热闹与温暖。

　　天寒地冻的时候,这味道尤其地勾人。路过小摊的人里,十停里倒有七八停会驻了足,向那长条凳上坐了,对老板说上一句"来碗辣油馄饨"。

　　馄饨摊子很小,那格局很像是书里说的"花开两朵,各表一

枝"。摊子的左首搁着餐具、砧板、肉馅、面皮等物，右首则是烧木柴的炉子以及铁锅之属，铅桶里装了清水，就放在老板的脚下，方便他洗碗筷，前面则置着矮小的桌椅，只够坐上五六个人，再多些就要等位子了，或者就端了碗站着吃也行。

那老板的手脚极利索，这里有人要馄饨，他那里便一面应了声，一面快手快脚包起馄饨来。左手拣起一张面皮，右手执了匙子飞快地向那肉馅里一抹，再将肉馅向面皮里一裹，五指收拢轻轻一捏，一只薄皮小馄饨便包成了，一碗小馄饨约十五六只，须臾即得。此时，那锅子里的水早烧开了，老板便将馄饨尽数放进锅子里煮着。

在等待馄饨煮熟的数分钟里，客人的钱也递上来了，这老板自己却不接，只让客人直接放在旁边的小铁箱里，找零亦是客人自己从钱箱里拿，他只搭眼看那数目对了便罢。而他的手上却分毫不停，取一只干净的碗，向里面撒了盐以及少量的胡椒面，问清客人有什么忌口，手下不停地将那切得极细的榨菜末、虾皮等物放入碗中。

此时，那汤锅里的水又已沸了，一只只肥白浑圆的馄饨飘在汤面上。那老板便先拿竹漏勺舀了馄饨进碗里，再换上大铁勺舀上一勺高汤，趁着那热汤入碗的一刹那，空着的一只手蜻蜓点水似的点几点，细碎的葱末、自家制的辣粉，便在数息间洒将下

来。葱末与辣粉的味道被汤里的热气一冲，真真是香辣辛鲜，四美俱全，还未入口，便已叫人口水横流了。

不知是不是因了柴火煮就的缘故，他家的小馄饨汤鲜味厚，一只只馄饨里都似是包着一泡鲜汁，比其他小吃店或肥腻、或寡淡的小馄饨美味得多，是这一带最好吃的。每每出摊，必定会在小巷里围起一堆人，不只是街坊四邻识其美味，还有许多人专门走了远路，慕名而来，只为尝一碗这传说中的柴火小馄饨。

后来，小巷子一条接一条地拆了，最后只剩下了细细的一脉，却是行人稀疏。有了宽敞的大路，寻常也没人去那小巷子里探幽访静，而卖吃食的小摊子，自是不能于此处生存的。只是，大马路上摆摊不似巷弄简单，还需要一些部门的许可才行。于是，这家馄饨摊的出摊时间，便从白天改到了晚上，地点亦换成了马路的转角处。

彼时的我，已经是出入社会的职场人士，每天忙碌不歇，加班亦不算鲜见。有时候下班迟了，路过街角时，便会要一碗辣油小馄饨权做宵夜。

馄饨摊的老板还是原来的样貌，这么些年过去了，他倒是不大显老，只眉目之间略有了几分疲态，发色依旧是深灰色，瘦长的个子亦依然，一应动作亦还是那样敏捷。

那馄饨摊的格局改动了许多，柴火炉子早是不用了，换了新式的煤气炉，贩售的吃食亦不只单单一碗馄饨，还有茶叶蛋、面条、水饺等物，为夜归之人果腹之用。

有那么几次，我还遇见老板的一儿一女来摊子上帮忙。看他

们的穿着打扮，家境应是寒素，衣饰皆是寻常。然而，这一对少年少女却都生得干净漂亮，尤其是那女孩子，真真一个美人胚子，鹅蛋脸，眉长入鬓，一双杏眼清灵若水，俏生生地守在炉灶旁，纵荆钗布裙亦难掩国色，平白地叫人生出岁月流逝、光阴不再的感慨来。

这光阴之速，可不就是这样快么？一转眼，也有近二十年过去了，人事全非，风景殊易，好在，那一碗热腾腾的小馄饨，却还是如往时那般美味。端起碗，先喝一口热汤，那清淡的鲜味滚了热气，一直暖到心口里去。身外是岑寂的都市夜景，街灯映得满街的清静，而手中的这碗小馄饨，便是这空寂世界里最妥帖的安慰。那汤汁里漾出温暖与鲜美，让夜归人疲倦的身心，得到了一种莫名的放松。

想来，似这般食物与人的关系，大约才是最完满的吧。它予我美味妥帖，我予它回味赞美，一饭一蔬，一饮一啄，细碎而又踏实，如交错纵横的丝缕，织就了这十丈软红，亦织就我们这一生的安妥与欢喜。

老四川

早些年的四川酒家，很有几道招牌菜，值得人们拿出来说道一番。

先不说别的，只说那一道榨菜肉丝汤，据母亲说，那可是难得的美味，味道鲜美不提，价格亦便宜，是彼时最物美价廉的一道菜。这味汤里的榨菜，用的是道地的四川榨菜，腌制方法大约与今时是不同的，不只咸得入味，亦且有一股说不出的鲜辣劲。此外，那肉丝亦切的得法，肥瘦相宜，入口软嫩，无一丝碜牙；至于那汤底，则是以大骨头煮的高汤，鲜香之外，更兼有榨菜的脆辣与肉丝的香滑，汤汁颜色亦清透，可谓色香味俱全。母亲至今提起这道汤时，还难掩眉间回味之色，有时还会怅然地叹上一声"可惜"，其言下之意，自是说今天的四川酒家，已经喝不到这样美味又便宜的汤了。

对于这道令母亲思之不已的靓汤，我是没有太多感触的。那是他们那一代人记忆中的味道，与我已是隔了一层。不过，另几样招牌菜，却是极令我难忘的。而在其中，又以一道宫保肉丁为个中之最。这是因为在我的童年及少年时期，逢了周末休息，父亲便时常会拿了饭盒，骑自行车去四川酒家，打包一盒宫保肉丁回来，为全家人改善伙食。

大大的一只铝饭盒，买回来的菜有时几乎能全部装满，而有时却只得半盒。究其原因，却是因为这一买一卖，是要看大厨心情的。他若开心，便会多抓些肉丁花生，足足地炒上一锅。而若是他不开心了，那买菜的人也只能叹一声倒霉，带着那不足半盒子的菜回来，根本没个理论处。

将宫保肉丁端上桌，饭盒盖刚开了一条细缝，那股又香又辣的味道，便一下子从盒中冲出来，几乎能把人呛出几步远。可是，就算离了几步远，那味道还是散不去，只围着你打转。那花椒与辣椒在滚油里爆出来的香气，叫人闻又不是，不闻又不是，口水与眼泪齐流，真是种说不出的滋味。

据父亲说，彼时的四川酒家里，很有两三位自蜀中而来的大厨掌勺。虽则各人脾气不同，手下轻重有别，但那一席川菜摆上桌，却是相当地道，算得上南京知名的川菜馆子了。自然的，这小小的一道宫保肉丁，做出来肯定是入味得紧了。

爱食坚果的我，对宫保肉丁里大块的肉不感兴趣，只爱挑里头的花生米来吃。花生果原有的脆与干椒的辣、花椒的麻糅在一处，刺激着我的味蕾。一蓬蓬的辣与鲜在唇齿间迸发，那鲜香勾留着舌尖，而那麻辣却似根根细针，在味蕾上跳跃滚动，偏是不肯停下来让你品味，唯有大大地吞一口白饭，再用力咽下，才能将这无比刺激的滋味掩去几分。

可是，这畅快爽辣的享受不过几息，筷子亦不过几回起落，碗里的饭却已见了底。想要再多添些饭来，只觉腹中已饱，可若要就此搁筷，却又是万般不舍，真是叫人愁肠百转。常常令彼时的我悔恨这饭吃得太快、太反常。以往吃饭时，我那细嚼慢咽的劲头，是时常能让父母急得恨不能打我两下的。

一顿饭过去，饭盒里的肉丁早已不剩，花生米亦只余下少许，大粒的花椒被细心的母亲挑了出来，唯有红里透着焦黄的干椒浸在油里，铺满饭盒底满满的一层。

这一层红椒，我们是从不扔的。那时，家家户户剩菜是餐桌上不可缺的一道菜。只要那菜还不曾变味，或者季节并非夏天，则隔几夜的菜亦是吃得的。至于中午的菜留至晚上再吃，那是再正常不过的事。

不过，这一饭盒的辣油干椒，父母却不会拿它来做菜，而是用来炒饭。

晚饭时，父亲将剩饭从锅中尽数盛出，放在大青瓷海碗里备着。起了油锅，点上几粒葱花炝锅，先打上一枚鸡蛋，炒成碎碎的蛋花，盛起备用。其后，便将那剩下的一饭盒干辣椒油倒入锅里，待那油烧得热了，刺鼻的香辣味在屋里四处乱窜，叫人喷嚏打个不停时，便将剩饭放了进去，大力翻炒，看炒得差不多，再将蛋花一并放入锅中混炒，直至炒得滚热了，方才关了炉火。此时，整个房间里乃至屋子外头，俱是那又香又辣又麻的味道，叫人鼻子发痒，食指大动。

这一餐晚饭，亦是我恨不能多吃两碗的。可叹的是，我的饭量一向小，而父母亦总是依着惯例，替我少少地盛了半碗饭，便不再多装，任由我眼巴巴地盯着那锅中美味，却毫不知情，甚至还担心我吃得太油腻，晚上不消化。这样温暖体贴的长辈，叫我那"再添一碗饭"的话又怎么说得出口？往往只能暗自吞上几大口口水，含恨离桌。

除却这一味宫保肉丁外，鱼香肉丝、麻婆豆腐这两道菜，亦是时常被父亲端回家的。前者甜辣浓香、色若红蕉，后者麻辣干鲜、味如嫩玉，亦是既下饭又好吃的美味。只不过，这两道菜不似宫保肉丁那样耐吃，做不出那样叫人垂涎的炒饭来。

现如今，宫保肉丁、鱼香肉丝这样的菜，已经成了家常菜，略上些档次的饭店都不好意思挂出它的名儿。四川酒家顶着川菜的名头，这两样菜倒都还有，只是那味道，真真是不说也罢。

好在，现在家里也不大吃这些了，嫌它们油太大，味道太重。白水煮蔬菜，加些盐、醋调一调，这类菜肴成了家中饭桌上的主流。父母注重养生，连带着家中菜味大减，倒也养出了我日常的清淡口味。

不过，有时候实在寡淡得狠了，我也会偷偷地趁着工作午餐的机会，去吃些又辣又麻的食物解馋。只是，此时的麻辣，再是浓厚香烈，亦比不得记忆中那一碗辣油炒饭来得香。想一想，彼时的我顾着淑女形象，从不曾痛快地吃上一大碗这炒饭，着实太过可惜。而今想后悔亦没了后悔处，只能是长叹一声，抱憾终生了。

大食堂

院里的那株紫丁香开了花，小而幽的庭院里，似是多了几分姹紫嫣红的热闹。

然而，这热闹落到眼前，却是虚应着景的。庭院里草木清幽，却无一丝花香蝶影，不过是借着转角处的那一树紫花馥郁，将春深处的喧阗捎来几分。

我坐在小石礅上，有些心不在焉地翻着手上的闲书，一双眼睛却瞅着丁香树旁的朱漆红门。那是父母工作单位食堂的大门，每日上午九点半准时开启。而我的任务，便是要在食堂开门之后，第一时间将三只铝饭盒放在卖菜的窗口，权作排队之用。

说起来，这大食堂究竟是时何时开业的，我竟没一点印象，它似乎在一夕之间便出现了。大大的饭堂高阔宽敞，置着长条桌与长条凳，够坐上百来号人。东西两面墙上开了窗，窗框漆成了奶油色，映着满窗绿树与浓荫。饭厅里永远弥漫着一股菜味，说不上这味道是好是歹，只是叫人一闻便知，这里定是食堂。

大约有近一年的时间，家里的两顿正餐，惯常是要借由这食堂来解决的。而只要逢了周末或节假日，这排队买菜的家事，便一应由我承担。

事实上，除我之外，日常在食堂门外徜徉的，还有不少孩子，皆是拿了饭盒、等待开门的双职工家小孩。他们与我一样，亦是来赶着排队的。食堂每日推出的菜肴其实并不少，荤素皆有，还有新鲜靓汤两种供选。然而，由两位主厨亲自操刀的那几道招牌菜，却是每日限量供应，去得晚了便得明日请早。因此，大人们交待下来的任务，便是让家中小孩每天早早过来排队，抢那几道限量版美食。

虽然人人身上都带着任务，但孩子们彼此间倒没多少敌意。大院里的孩子虽不少，够年龄来排队占座的，却拢共不过那么十来个，皆是从小玩到大的，情谊非同一般。平常没机会凑在一块，恰好有了这排队的时机，便冠冕堂皇地群聚一处，只待食堂大门一开，便纷纷拿了饭盒放在窗口，途中绝无抢夺，有时还互相礼让一二，学着大人们的样子，满面春风地说些"您请""哎哟您太客气了您先请"之类的话。其实不过是假客气罢了，大家心知肚明，就这十来个人，排到最后亦是能买到好菜的。

放好了饭盒排上队，便是集体撒野的时候了。食堂开饭时间定在十一点半，这两个小时的空闲，不拿来玩岂非可惜？

于是，男孩子们踢球爬树，女孩子们过家家讲故事，我则通常是带了书去，坐在庭院里独自看上一会儿，或是与要好的伙伴一起，满院子找些花花草草来打发时间。

暮春的庭院，树木是深浓的翠绿，桃花早已开过了，青枝绿叶横斜参差，像是遮天蔽日一般。海棠低垂了殷红的朱颜，娇羞得不愿予人一顾。唯有野草不分场合地疯长，惹了些粉蝶与蜻蜓来，翩翩地舞动着双翅。

与伙伴满大院地跑上一圈，再向那野草园里猫几回，两个小时的时间，真真是眨眼间便没了。一伙孩子重又聚在了食堂窗口处，抬头细瞅那黑板上的字，那是当日的午餐菜单。两位大厨每人当一天班，菜单亦是天天换着来。

红油肚丝是贾大厨擅长的一道菜。那肚丝吃起来筋道不碜牙，也不知用了什么秘法，腥膻味亦去得极净，雪白的颜色，盛在中号的搪瓷碟里，上淋了鲜红的辣油，卖相颇佳，买这道菜的人一向都多。

叉烧肉则为王大厨的拿手菜，卤出来的肉红白鲜嫩，入口微甜，肉质细嫩，便连那夹带着的肥甘亦是甜嫩，一点都不油腻。这味菜是我的最爱，每回有的卖，我必要买上一两份回家，家里人都是喜欢的。

此外，食堂里几乎隔天就会有清蒸鱼。我嫌那蒸出来的鱼颜色白蜡蜡的，总觉得它腥气，所以一向不去买它。然而，这道菜的口碑却极好，几乎天天都有人专门去吃它，据说其滋味鲜美，入口软嫩却又不糟牙，几成大食堂里的头牌。

春秋天时，大食堂里时常供应着青菜肉丝汤或白菜蛋汤，冬天则是排骨萝卜汤，而到了夏天，便会有菊花脑蛋汤与海带冬瓜汤、西红柿蛋汤这些家常汤品。所谓菊花脑，实则是南京人爱吃的一味野菜，初入口时药味极重，清中带苦，吃不惯的人只怕要觉得麻嘴。然而以之入汤，却有一股说不出的清香气，尤其是那清苦的药香，在盛夏酷暑的时节，颇有提神醒脑的功效。

除却午时供应的各样正餐主菜之外，大食堂每天的晚餐亦花样颇富。比如一种做得极细巧的花卷，与市面上卖的大花卷不同，而是夹了豆沙馅或是糖芯的，一个只抵得平常花卷的四分之一大小，晚饭吃上五六个也不会撑着。还有小馒头，亦是有甜咸两种口味，细细长长的形状，像是人的手指似的，面发得很暄，晚上多吃两个亦是可以的。夏天时，食堂还会供应各色稀饭，从绿豆稀饭到小米稀饭皆有。若逢着天气实在热得狠了，在半下午的时候，食堂做了凉得甜甜的绿豆汤，众人皆拿了大锅子去买，生意好得不行。

过年的时候，亦是两位大厨进行厨艺比拼的时候。每个人都拿出看家的本领，除了前文提到的几道菜以外，还有干切牛肉、酱卤羊肉、白切鸡、卤带鱼等好菜，每一味都可与大饭店比肩，就看你有没有本事去排队抢购了。

这间食堂大约开业两年左右，便在某一天忽然关掉了。似是只一夜之间，便已是朱门紧闭、门庭冷落。

大院里的人们，重又回到了每天煎炒烹煮的日子。一切如常，似乎那大食堂根本未曾开过。

朱门边的紫丁香依旧高大，循着四时节序，开谢如昔。偶尔经过时，那浓烈的花香里，似还留着几缕当年的饭菜香气，而待细细寻觅时，那香气却早又飘散无踪，只剩下一树花影，在暮春的微风里兀自摇摆。

四

人间草木

PART 04

野蔷薇

野蔷薇开在春风里，寂寂地，零落了一地细碎的香气。

而其实，今天的城市中，又哪里能得见真正的野蔷薇呢？那荫荫翠叶间摇曳的一树粉白黛绿，探出涂抹了黑漆的铁栅栏，又或是自青灰及雪白的墙壁上方，间或露出她清浅的华色，转盼之间，却终究是染了尘色的，有一种人工照料的精细味道。

而真正的野蔷薇，却远没有这般精致。它是粗粝丰娆的，只需一夜春雨轻拂，便能开出一大片的灼烈与斑斓，宛若一场粉身碎骨的回报，恣意纵情，痛快淋漓。

于是，想起了许多年前的那一座庭院。

荒废的院落，不见人际，满院静寂，蒿草长得极盛，浓绿而幽深，似是一丛碧色的火，自院门边一路蔓延，直欲将整个庭院点燃。靠东边的角落里，植了一株高大的法国梧桐。树冠极宽阔，将院里院外的一方世界，都笼在它的羽翼之下。五月的灿烂艳阳，亦被这浓翠的枝叶层层涤净，最终落于墙边与脚下，变成了点点细洁的光斑。

在上学或放学的路上，我总会在这庭院边驻足，踮起脚尖，自叠成花朵状的红墙缝隙间，去看那满院芜杂的风景。

那座庭院，已经很久无人居住了。杂草自然是多的，几乎铺满了整个院子。暮春的风拂过院墙，将院子里细长的草叶吹成一脉碧浪，向着四下翻滚而去。由青色与白色石板砌成的小路，便会在这绿色的波纹里，偶尔露出它的面容，却也只有一瞬，便又被蔓蔓草色掩住了。

无人行走的小径，想来也是寂寞的。

然而，在孩子童稚的眼中看来，这满院的寂寞，却是分外热闹欢喜的。特别是墙边的那一大丛蔷薇，开得那样灿烂明丽，朵朵深红浅粉的花，结成了馥丽的小小花球，在春风里张扬地招摇，只是看着，便叫人觉出一种热烈的情绪。

这处院落，应该是从前某个殷实人家的住所吧。院子并不算大，以红砖花墙隔出一片规矩的长方形，小径蛰伏，花坛上堆满落叶。院门颇窄，门上的红漆早已剥落，露出斑驳的锈色。门外三级水泥台阶，亦是窄细的模样，而在门的右上角，则安了一只电铃。

曾经有段时间，大约是这户人家刚搬走的时日，那电铃还是能发出声响的。用力地按下去，便有喑哑中的"吱"的一声，在

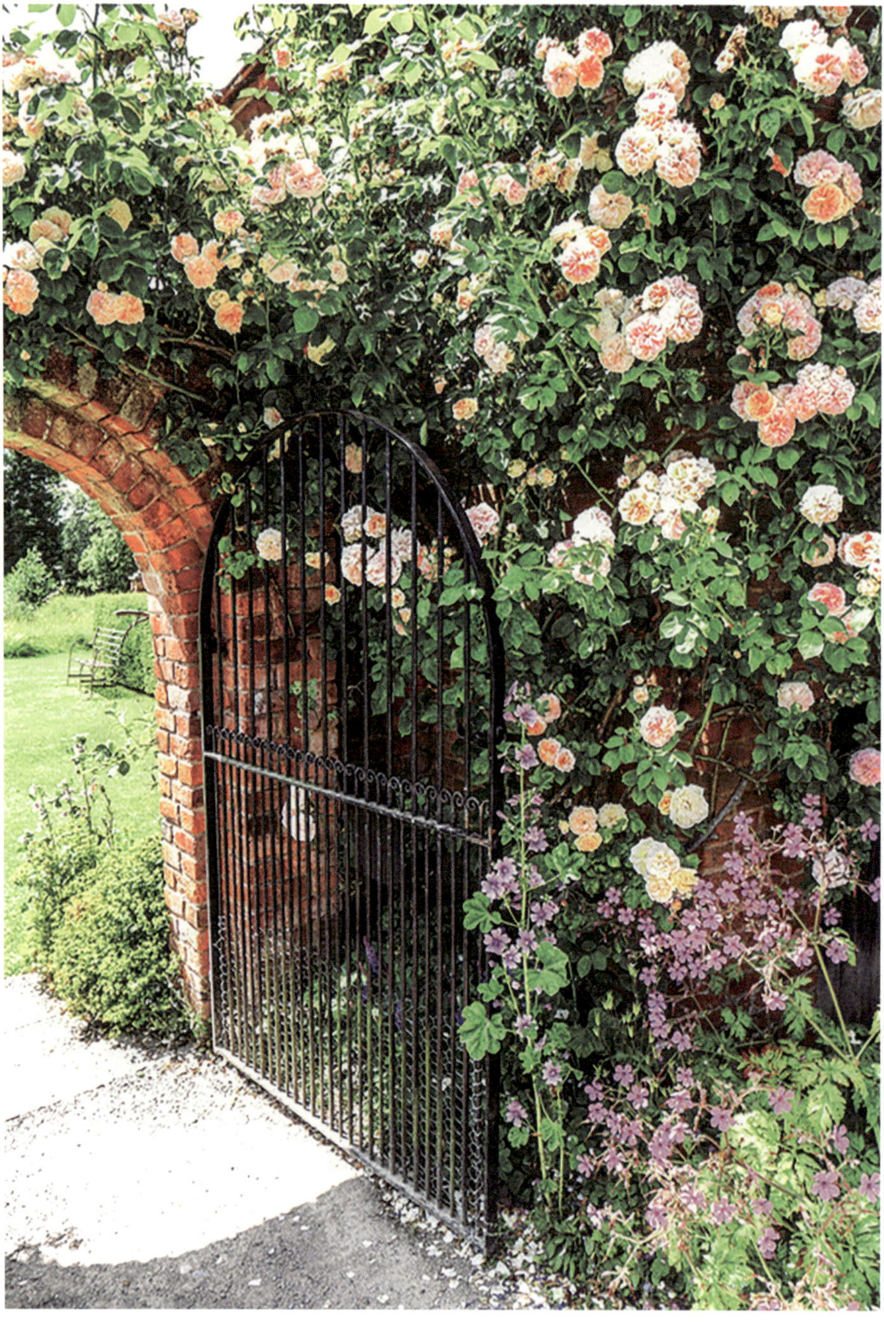

安静的巷子里回旋着,久久不散。

对于彼时的孩子而言,这着实是一件新奇的事物,寻常不得见。于是,便常有人去按那电铃。尤其是调皮的男孩子们,在经过这里时,便会一按再按。久而久之,那电铃便没了声音,只安静地悬于门楣上方,铃上生满了铁锈,唯有按钮处却光滑如新,想必是那些不甘心的孩子们的手笔。

院落的墙外,是一条极窄的巷子,真真是纤细如笔,两人并行便无法通过。因而,若是偶尔在这巷子里与人狭路相逢,便只能各自侧了半身,放低了眉眼,彼此无声地错肩而过。

窄巷的另一边,是杂居的普通人家,四五户人挤在一个院子里,整日都是喧嚣杂乱。父母打骂孩子的声音,两户人家拌嘴的声音,收音机里播放的评书声,还有煮水烧汤时的各色烟气,时常自布了铁栅栏的窗户里透出来,一直探到巷子里去。而原应雪白的墙壁,便在经年的风雨与人间烟火的催逼下,成了一片灰败的颜色。阴雨天时,墙角生出大片的青苔,霉迹斑斑,连雨水也变得缠绵了起来,走过时,脚步便会格外的滞重。

红砖小院的静寂,便如同一段宛然的月光,在这热闹的市声里,兀自静静流淌。

说它安静,其实也不尽然。四季转换间,这小小的庭院里,也自有着另一番不同的热闹。

春时的花树重叠，夏日的蝉声嘈切，秋来落叶飘舞，还有落雪时，墙外的雪早被人踩成泥泞，而院中却自成一方小世界，如水晶琉璃，如一场素白的盛宴。

自然，小院最美的时日，还是在春天，在那一大丛泼泼洒洒、纵情绽放的花海间。

在孩子的眼里，那一大片盛花期的野蔷薇，着实过于耀眼了些，便连记忆，亦在这艳光的照拂下，变得有些模糊了。唯一记得的，便是那片华丽万方的颜色，似无边无际一般，铺展了整个的世界。

儿时的我，对那些盛开的娇艳花朵，总是心存了几分觊觎，总想着要摘下一朵来，别在纽扣眼里，或者是趁大人不注意的时候，把这花簪在发间美上一美。无奈那花长得高大，伸到院外的枝枝蔓蔓，高高地伸向天际，很是有几分不屑的味道，倒叫小小年纪的女孩，就此浅尝了惋惜与无望的滋味。

有时也会想，这庭院的主人，不知因何走得如此匆促，将这满院萋萋芳草与烂漫花树，就此空置于这红尘烟火处，一任春风来了又去，将这满院的蔷薇，变成了一片野火。

种下这丛蔷薇时，那种花的人，想必不曾料到，昔时珍重埋进土里的那一粒种子，虽失却了精心的照料，却依旧能够盛放于春的发间，灼灼其华，炫人眼目。若叫主人得知，不知是会欢喜地一笑，还是怅然叹息？

这庭院与蔷薇，是我每天上学放学时都会关注的事物，而我亦自这灿烂花海隐约知晓，人间风景，便只在这偶尔的不经意间，自成华色。

再后来，我考进初中，学校在家的另一边，不再经过那条窄巷了。而那一丛野蔷薇，亦就此藏于记忆里，在时光的流转间，落满尘埃。

对蔷薇的喜爱，大约便是因此而来的吧。童年的记忆过于深刻，以至于变成了一种潜意识，影响到了我的喜好。成年后，偶尔读了几本杂书，方知晓古人谓"蔷薇为野客"，千般花品分主从使令，蔷薇亦不过为牡丹婢，以士大夫的清流雅调，着实不入流得很。

而越是如此，记忆深处的那片花海，却变得越发绰然激烈，哪里有半分婢子样？倒是那一种自在洒脱，得意于天地间的率真，颇类披发泉林的高士，却是不负它"野客"的美名了。

红蜻蜓

蝉的叫声,最是能令夏天显得安静。

七八月间,天气便真正热了起来。午后时分,街上难得见几个行人,唯有阳光耀目,无声地热烈着。街边有大棵的泡桐树,树叶圆而阔,像是一大块一大块深绿的翡翠,遮挡住了灼人的阳光,地上的树影也是整块整块的,有一种厚密的感觉。

还有梧桐树,也是高大宽阔的模样。一些不太宽的马路,能被两行梧桐遮得不见阳光,走在其间时,便似是走在一片天穹邃密的翠色甬道里,不必带遮阳伞,也晒不到半点太阳。

儿时的夏天,便是在这片蝉声与树影交织的宁静里,悠然逍遥,宛若一段自在的行板,乐音欢快清越。

夏天是孩子最盛大的节日。

尤其是在我们那个年代,作业稀少的悠长暑假,着实是人生最好的礼物。

同住一个大院的孩子,大约有几十个。做完了作业,便三五成群，野马一般四处疯玩。而我最喜欢做的，便是约了要好的朋友，或者是独自一人，去野草园里玩。

野草园这名字是我为它起的。确切说来，那是一块长满了半人高的野草的空地，在父母工作的大院里，占了一块不小的面积。

那个时候，人少，房子也少，空地却是极多的。野草园便是因长年没人打理，便自成了一方天地，亦成了孩子们的乐园。

野草园里最多的，自然是各式各样的杂草。有些长得高大，几乎可以没进去一个半大的孩子，草叶也粗长，在草里走得疾了，被叶片刮了胳膊腿，生疼生疼的。

还有些草则生得矮小，贴着地面生长着，偶尔开出深蓝色的小花来，明净的蓝色，如夏夜星空，数片圆润的花瓣围得紧密，花心是白色或淡黄色的，颜色真是美极了。只可惜，这花朵太过细小，且也连不成片，时常被女孩子们揪下来，放在白手绢里裹着玩。

花草既多，便有了蜂飞蝶舞，蜻蜓更是常客，有些手眼灵活的男孩子，徒手便能逮住一只。虽然明知道，蜻蜓是益虫，课本里也说，蜻蜓不只以蚊虫为食，还能预测天气。但在孩童的世界里，这样的小动物最是可以拿来玩的。且彼时宜于蜻蜓栖居的环境亦多，并不见被孩子捉了几只，蜻蜓的数量便少了。

还记得那时候，每逢暴雨将至，便会在院子里见到成群的蜻蜓。这些小生物低低地飞旋于半空，像是一群小型的直升机。大约是因了空气中浓重的水意，沾湿了它们透明的双翅，便此不能飞高了，便只得低空盘旋。在今天，这样的景物，城市里怕是再难得见了。

野草园里的蜻蜓，绝大多数便是那种最常见的黄色蜻蜓。

大约是孩子们太过调皮了，捉蜻蜓的人太多，这里的蜻蜓也格外警觉些，寻常如我这样的女孩子，基本上是没办法捉住它们的。只有年纪大些的男孩子，带了称手的网子，网下拖一竿青竹，在野草园里高举着，方能捉住一二。

比较罕见的蜻蜓，有一种是黑色的，体型颇大，头上似有一层乌黑发亮的甲壳，样子极威猛，男孩子们叫它"黑老仔"。

这种蜻蜓是极难捉的。一是因了数量稀少，二则是因为它本性聪狡，逃跑技巧颇高。有一次，同院一个高年级的男生，用网子捕到了一只黑老仔，大约是太高兴了，网口便没抓牢，被黑老仔夺网而出，一瞬间便飞得没了踪影，一堆孩子追也没追到。

不过，在我的记忆中，这满园的蜻蜓都不过是背景，唯有那一抹浓而艳的红色，才是我心中永恒不能忘的美丽。

那是在夏天的一个傍晚，薄暮的阳光轻盈洒落，带着一种温暖的金红色，在草叶尖上，点染出一抹淡淡的明艳。

天已经有些晚了，散在园子里玩的孩子们，大多数都回了家。安静的野草园里，一时间显得有些空阔了起来。夏天的晚风，携来湿润的草叶清香，那一种莫名的香气，安详宁静，还有些许淡淡惆怅的味道。

我采了几朵小花拿在手里把玩着，将它们举到夕阳下，看着它们或蓝或白的花瓣，在微风中轻轻颤动。

就在这时，突然听到一旁的朋友用极轻的声音说："快看！"

我循声转首，便看见了一只红色的蜻蜓。

那真是一种最最纯粹，最最浓丽的红色。不是橘红，亦不是深红，而是火红色。此刻，金色的夕阳正斜照在它的身上，于是，那一抹火红便又染了一层金光，光华流转，宛若流动的金色波纹，在那一抹火红上跳跃、舞蹈。

那一刻，四野静默，万物无声。天地间，似是只余了这一抹艳红，安静美丽，却又万分炫目。

我们被这美丽震撼了，半天没有动，甚至连呼吸都屏住了，只是静静地站在那里，看着那只美丽的红蜻蜓，翩翩于草叶间，飞飞停停，忽而一个转眼，便失去了踪影，再不可寻。

那静默艳丽的一幕，久久地印于我的脑海，经年以后亦难忘记。

那是我第一次，亦是最后一次，看见红色的蜻蜓。

这只红蜻蜓，后来还被院子里的其他孩子见过，许多男孩子想要捉住它，却始终无人得偿所愿。到最后，几乎成了一个传说，甚至还有人开始怀疑它的真实性。

有时候，我也会想，那只红蜻蜓，是不是只存在于我的梦里。因为，那样的一幕，太过于惊艳，也太过于震撼，让人有种失真的感觉。

然而，无论是梦也好，是真实也罢。能够在童年最纯真的岁月里，得遇这样一抹如梦似幻的火红色，已是此生最大的幸事。而如此令人难忘的美丽场景，想来今天手拿IPAD，整日奔波于各类补习班的孩子们，大约已是没办法亲身体会了。

这样一想，记忆中那段物质匮乏的童年时光，似是也不那么叫人怅然了。

萤

萤之光，淡若流星，婉转于夏的夜。那样的时节，空气里，便会有一种清润的味道。

南方的夏天，总是潮湿一些的。草棵里、树叶边、花瓣深处，一呼一吸间，仿佛有颜色一般，漾出极浅的青碧色烟气。

萤火虫飞舞的时节，夏天的气息便已很浓了。蝉声不断，阳光也毒辣，将柏油马路都晒得软了，踩上去，鞋底便黏黏的。有时候不免担心，会不会像童话里的灰姑娘那样，将漂亮的水晶鞋落在马路上。

自然，再爱美的女孩子，在那个年代里，穿在脚上的也只有塑料凉鞋。

踩着一双塑料凉鞋的我，在午睡过后，常常便会直奔野草园。那片杂草丛生的荒地，仿佛有着无穷的引力，拉着我奔向它，在那里消磨整个午后。

摘花弄草，追逐飞过身边的每一种昆虫，翻开石块，寻找泥土里的西瓜虫、小草茎。偶尔地，也会在野草园的小水坑边，循着断断续续的蛙鸣，搜寻早年被我丢弃在这里的小蝌蚪的化身。

而暮色，便是在这被胡乱掷去的光阴里，渐渐降临。耳畔传来谁家的父母唤孩子回家的声音，西边的天空上，缀满了绛红色、浅紫色、深蓝色的云朵。没有高楼掩住天际，视线便总能放得极远。太阳斜挂在淡青色的天空下，热力渐消，只剩一个金红色的圆。野草园里，凉意渐生，爽然中蕴着几分神秘，让人止不住地想，夜色里的野草园，该是怎样的一种情景。

然而，孩子们晚上却是不能出去的，只能在大院里待着，却也不寂寞。因为，这样的夜里，总会有萤火虫。

夜色略深的时候，淡绿色的萤光，便成了这夏夜最温柔的点缀。

那时，院子里每户人家的门前，都有一小块花圃，花圃四周植了冬青，中间却是泥土地，你想种什么便种什么。大人们便在里面种些青葱、大蒜之类的，还有人架起藤萝，大朵的黄色喇叭花攀住墙檐，却是种的丝瓜。

母亲极爱花，便寻来玫瑰、茉莉、月季的插枝，精心莳弄。不过一两年，花圃里便娉娉婷婷了起来。每逢夏夜，就着清丽的月华，叶影横斜，倒有了几分诗意。

萤火虫，便在这诗意的花叶枝蔓间，宛若流星轻舞。

萤火虫是极好捉的，飞得既慢，还有萤光指引，只要存了心，便没有捉不到的。

那时的我，每逢捉住了萤火虫，便会将它放在掌心里，然后将两只手掌虚虚合住，看着那一蓬浅绿色的微光，在指缝间细细明灭，而心底里，是一片澄净与温软。

一直觉得，萤是脆弱深情的事物，像极了那句"情深不寿"的谶语。米粒般的身体，一指便可捻住，偏偏还要拼了全力，发出那样清丽绚美的光来，引得人追逐乃至伤害，数个朝夕后，便即灰飞烟灭。这样竭尽全力发散出来的美，以及由此衍生的种种痛与伤害，短暂眩目，也只有"情"之一字，方可比拟一二了吧。

冥冥中，萤的这份深情，似亦感染了我。在破坏欲最旺盛的那几年，萤火虫是极少数没被我"研究"过的昆虫。往往是捉了它在手里，看它在指尖一闪一闪，旋即缓缓飞去。然后再去捉下一只，下下一只。这样捉捉放放的游戏，我总是乐此不疲。

想来，懵懂的小小女孩，自然不会知晓世间万千情事，却只是凭着本能，对这样美丽却脆弱的事物，存了一分呵护之心，这大约是性别使然了。

上中学后，大院进行了重建，花圃改成了车棚，我们家也搬进了楼房。

长大了的我，对于儿时的把戏自然再无兴趣，课业亦繁忙起来，渐渐地，便将那夏夜里萤光飞舞的小小虫儿，丢在了脑后。再后来，读书、工作、恋爱，生活被填塞得极满，更没了闲情逸致，去追寻童年时的美丽记忆。

　　然而，萤之于我的缘，却并未就此终结。

　　那是初秋的一个晚上，天有些潮湿，风里杂着夏末的花香，清润的味道在空气里四散开去。我如往常一般，拖着疲惫的身体下班回家，刚刚转进小区的大门，蓦地发现，在楼宇的转角处，闪过一抹熟悉的微芒。

　　不由自主地，我便被这淡绿色的光吸引了过去。蹑足走过去一看，果然，在一小片潮湿的草地上，飞舞着几只萤火虫。

　　那一刻，我的心中，忽然便泛起了一丝温软的情绪，宛若暖暖的水波，涌向灵魂深处。有一种微弱的疼痛，自心底向外漫延。那草叶间流过的星光，仿佛，便是我经年以来忘却的某件事物，一经想起，便牵动了心中最柔软的角落。

　　我探出手，就像儿时做过的那样，虚虚合住手掌，将那只萤火虫围在掌心。指缝间，依旧是微弱的淡绿光华，细细地明灭。

　　时间停顿，画面定格。那时的我，不再是工作受挫、为情所伤的成年人，而是重又变回了不谙世事的小女孩。那些扰攘的心事，都在这澄澈纯净的光华里，散落尘埃。

原来，我也曾有过这样简单的快乐，只是一只小小的萤火虫，便能够让我拥有如此巨大的幸福。而这样的心境，却在流逝的岁月中，被我自己抛了去。

第一次，我察觉到自己的愚蠢。生命从来美丽，所有的烦恼，都只是自扰而已。就如此刻，萤光如梦，在我的指缝间明灭不熄。而我所做的，亦只是轻轻合住手掌。不必太过用力，更无须担心它离开后的空寂。只将全副身心，投注于此时、此地、此际，投注于指间这流星般的光华里。即便过后松开手掌，萤光逝去，那片刻的美丽，却是恒久存在的，没有谁能够将它带走。

所有一切终将逝去，唯记忆却永恒，一如这夏夜里的萤萤流光，一如我曾走过的每一段岁月。

蝴蝶梦

蝴蝶在光阴里飞，在我的记忆中，在每一个深深的梦里。

那样的梦里，野草园是永远的背景。初春时的蒙蒙嫩绿，盛夏时的满园草香，还有初秋乍起的凉风，和着爽冽湛然的气息拂过面颊，如舞台上落幕的那一刹，让人的心里，也生出莫名的惆怅与惘然。

而今的野草园自是早已不在，空地上建起楼房，白日时安静沉默，夜来灯火如星。没了草叶香气的微醺，却多了人间温暖的颜色。而记忆中的那一片离离野草，便成了永远不能挥去的故梦，时时刻刻，辗转于心底。

记忆中野草园里的蝴蝶，暮暮朝朝，像是总也飞不尽似的。想来，冬天萧瑟时，也没人愿意去那光秃秃的地方玩，春夏秋这三季，才是野草园最有趣的时日，自然，那埋藏心间的回忆，便也总是蝶舞花开的人间好时光。

初春四月，野草园里便有了零零星星的蝴蝶，如舞蹈，似梦幻，迷了孩子们的眼，令人跃跃欲动。

放学回家，做完并不繁杂的作业，也就半个小时而已。剩下的时间，便是可以自由支配的了。而野草园，便是这自由的代名词。

园子里的蝴蝶种类并不多，常见的有两种，一种是大些的粉白色的蝴蝶，翅膀上有成双的黑色斑点，翅膀的边缘则是一圈娇嫩的鹅黄色，在野草园中数量最多。另一种则很小，双翅并拢时，也就比指甲盖大一些。这种蝴蝶是极梦幻的蓝紫色，双翼上缀着细致的白斑，由大至小，密密地排列着，触须也是秀气纤细的模样，有一种秀巧柔弱的美。

记忆中野草园里的蝴蝶，暮暮朝朝，像是总也飞不尽似的。

那时的我刚上小学，识得可怜的几个字，求知欲却日渐旺盛，恰是小儿不识字，无事乱翻书的年纪。也不知是从哪本书里，让我知道了"粉蝶"一物。

　　不知为什么，这两个字，便让我想起园中白里带着嫩黄色的蝴蝶来，只觉得，这样娇嫩的蝴蝶，飞起来又如同舞蹈一般，那粉蝶说的定然就是它。于是，从此以后，看它就比别的蝴蝶顺眼。

　　后来再大了些，看了一部动画片，说的正是这种蝴蝶，说它原是一种叫作菜青虫的害虫变成的，叫作菜粉蝶。真真是一语惊醒梦中人，好叫我一阵幻灭。可是，关于它是"粉蝶"的印象，却自此越发的深刻起来，至今难忘，说来真是怪事一桩了。

　　因了对蝴蝶的喜欢，扑蝶捉蝶，便成了我在野草园里常做的事情。终日乐于此道，却是屡战屡败，鲜少有成功捉到的时日。

　　说起来，我也真是痴得很。虽爱捉蝴蝶，却从来不懂得带上工具，或者借助其他的事物。每次去野草园，我就这么空着两只手，满心满眼做着白日梦，指望着能碰上一只又呆又蠢又美丽的大蝴蝶，好让我就这么轻轻一拈，便拈住了它的翅膀，再将它带回家好好炫耀一番，就像那些男孩子一样。

而今想来，这样不切实际的想法，也不知童年时的我，为什么就那么笃定能够实现？或许，在每个人的一生中，都曾有过这般执著而又蠢笨的少年时光吧。

而在昆虫几乎成精的野草园里，我的办法显然是行不通的。便是警惕性最差的粉蝶，也总能轻易地逃出我的手指，让我对着它徒然地顿足、叹息。

大约是老天见我太痴，实在忍不过了，便给了我一次虚渺的惊喜。梦想中那又呆又蠢又美丽的大蝴蝶，还真叫我遇见了一回。

那应是暑假里的一天，我约了要好的朋友一同在野草园里疯玩。两个人也没什么目的，见到什么便玩什么，或是追着飞虫跑，或是去树上找甲壳虫，再或者摘了花朵揉成花汁，总之，便是一些混沌未开的小孩才会玩的勾当，偏偏我们玩得极开心。

便在我们玩兴最浓时，偶尔一个转眼，发现在不远处的高大蒿草间，停了一只极艳丽的大蝴蝶。

那是一只黑色的蝴蝶，翅膀上散落着浅绿色的花纹，微微泛出萤光，神秘美艳，直叫人移不开眼。

这样的蝴蝶，往往是极难捉的。因为稀有难得，它们的警惕性也高，我和好友也知道，凭我们两个人，无论如何也不可能捉得住它。

可即便如此,我们还是同时不由自主地屏起呼吸,向着黑蝴蝶停落的那片草地走去,而我们唯一的捕蝶工具,便是好友手上那张不知从何而来的废报纸。

也不知是运气好,还是那蝴蝶果然是傻透了的,当好友以极不专业的手法,将报纸向它身上一合时,它竟也不飞,果真便被合在了报纸里。

那一刻,我们两个真是开心极了,兴奋得不知怎么办才好。可才开心了没一会儿,那只美艳的黑蝴蝶,不知怎样,竟从报纸缝里溜了出来,恰恰停在了朋友的手指上。

它没有立刻飞走,而是稳稳地停在她的指尖,翅膀微翕,那剔透如翠玉的淡绿色斑点,宛若两只淡漠的碧眸,冷冷地凝视着我们。

我们都惊得呆住了,还未等回过神来,便见它双翅一振,忽地便飞上了半空,时而飞高,时而转低,真真如舞蹈一般,盈盈翩跹着,飞进了幽深的草叶间,再没了踪迹。

怔忡地望着蝴蝶消失的地方,我有些想不明白,刚才的它,是一时疏忽忘记了逃跑才会被我们捉住,抑或只是有意地戏耍两个傻女孩,让我们白白地开心一场?

而今想来,那一瞬间,那只美艳的黑蝴蝶被报纸合住的一幕，多么像是一个梦。一个令人沉迷，却又不得不醒来的花间一梦。

蝴蝶梦，梦蝴蝶。入梦时，它以美艳引人入局。而梦醒后，蝴蝶飞去，手指空空，唯有满园轻拂的晚风，滑过身边的草叶与耳畔的发丝，发出轻微的声响，提示着我，那梦中的一切，早已不复存在。

而这世间，又有什么比蝴蝶更梦幻的事物呢？那美丽的双翅，像是施了魔法一般，美得让人目眩神迷，却又似暗合了某种深刻的含意，一开一合间，如同书页翻转，叫人陡生哲人之思。

却不知，在蝴蝶的世界里，那双翅开合间的幽幽梦境，是否亦如我一般，入梦时沉迷，而梦醒后，留下的，只有怅惘与叹息。

庭院深深

　　早起时，落了两点雨，微湿了庭院里的石子小路。高大的丁香树下落满花瓣，星星点点，宛若铺了一层薄薄的紫烟，踏上去时，发出极细的声响，仿佛一声娇弱的叹息，和着伞外的雨声，安详且静谧。

　　庭院离家极近，行数十步路便是。院子四围植着冬青，修剪成矮矮的模样，整齐地罗列成圆。矮冬青的中间，则是几棵高大的常绿树木，树的名字叫什么，却是想不起来了，只记得，那树一年四季都绿意森然，仿若四时节序对它特地留了情面，予了它永远的浓荫翠幕。

　　庭院边不远的地方，是一树紫丁香。也不知这花树是由谁照料的，长得极是高壮。每逢春日，满树紫色的花朵烟视媚行，似乎撩拨着东风来顾。而那花香却是有杀气的，腾腾地宛若硝烟，倒叫人时常忘记了那丁香花瓣纤细的模样，着实是与这香气不搭边的。

落雨时，这庭院便会显得极静。沙沙的雨丝洗濯着花与叶，偶尔一两个人行经，俱是步履匆匆。而我便时常独立于树下，或者是在圆石凳上落座，既不捧书细读，更没什么伟大的思考，只是这样单纯地坐或站着，似是自己也成了这庭院里的一株植物。

那一瞬，整个天地间，便只有我与庭院，两两相望，四顾无言。

年少时，大约每个人在都曾希望过，有这样一处不被人打扰的庭院吧。放置心事也好，享受独处的快乐也好，这小小的世界，便是我们的十方天地，亦是心中最安妥的角落。

离家不远的这座庭院，便成了少年时的我安放自己、消磨时

光的去处，隔三差五地，便会去那里走上一圈。

自然，那时的我，已经不再去野草园了。

不知是不是年岁渐长，那些童年时极爱的游戏，在我上了中学后，似是在一夜之间，便对我没了吸引力。野草园里的蝴蝶与草叶，满天满地疯跑的那段日子，被一种叫作"青春"的事物，飞快地剪落在生命之外。

十四五的豆蔻年华，已经知晓花开花谢自有深意，而曾经熟悉的虫飞蝶舞，在少年时的我眼中看来，都已不再是单纯的玩伴，而是天地赋予的精灵了。

那时的我，极爱在下雨的天气里，撑起一把伞，流连于这座不大的庭院，与自己为伴。而无数个微凉的黄昏与温暖的午后，亦是这样无所事事地悠然而过。

想一想，那个时候的课业真是一点也不忙，否则，我又哪里来的这种闲暇，专挑着下雨天，去小庭院里伤春悲秋呢？

可惜的是，这小小的庭院，后来不知何故改作它途。当看到矮冬青被移植一空，便连高大的常青树亦踪迹全无的时候，我那颗脆弱的少女心，着实失落了好一阵子。

好在，父母所在的工作单位占地极大，除却无人打理的野草园外，另有几处景致错落的小园子，其间有香花绿树，甚至还种了几样果树。而我，亦将埋藏心事的地点，由家门口的小小院

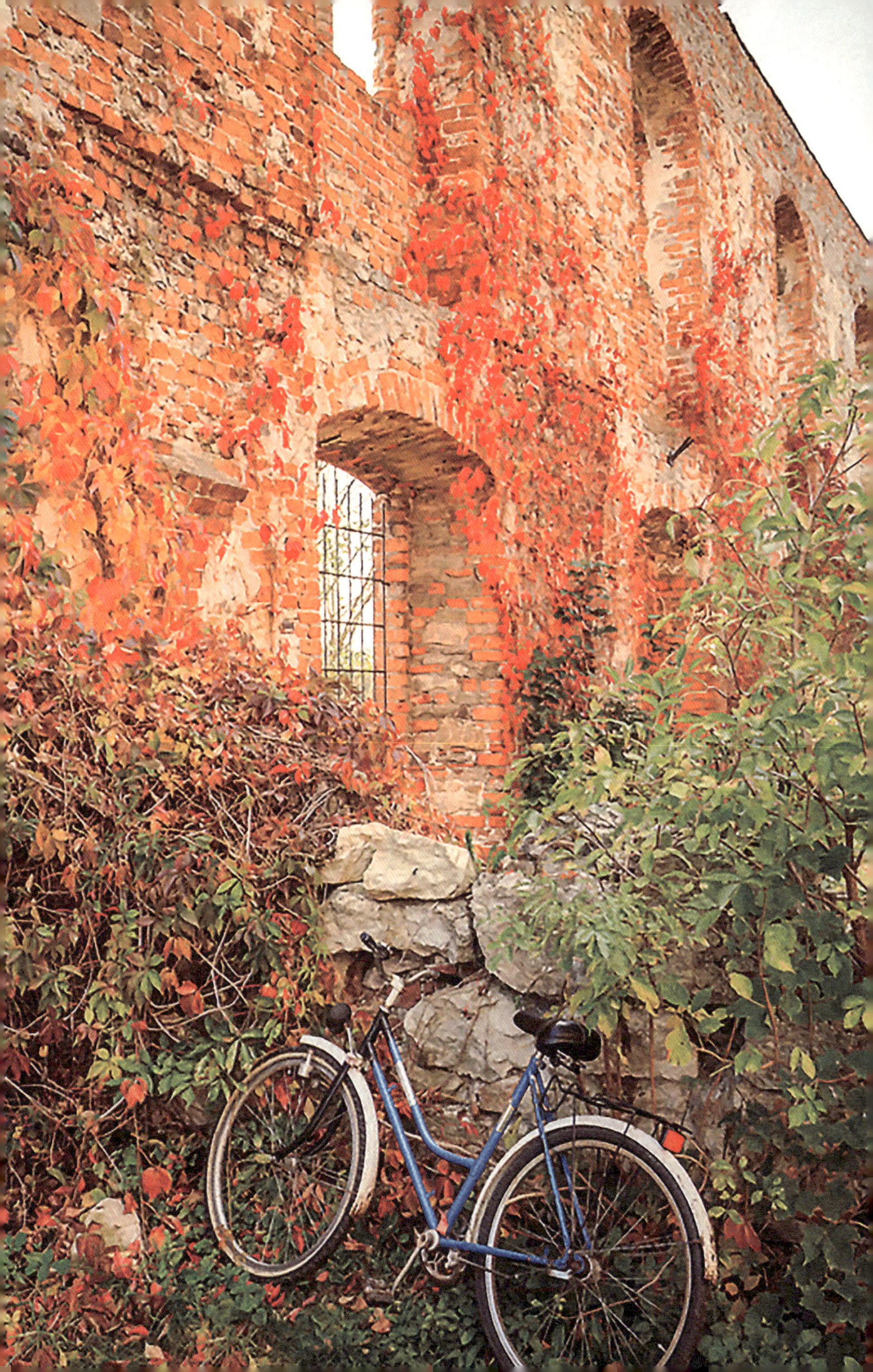

落，转移到了野草园旁的一处庭院里。

那处庭院，位于父母单位的办公楼前，四四方方的形状，同样以矮冬青划出规矩方圆，中间则种着大些的树木，杂以玫瑰、月季数株。

隐约记得，那里似是还有一架藤萝的。每到夏天，藤萝上便开满了细碎的白色小花，花絮垂坠，花香柔婉，略带几分茶叶的清气，闻得久了，让人心底里亦着清婉了起来。

因了离家有一段距离，我去那里的时间，便固定在了假期。

暑假时，我去那里的次数最多。一则是因了假期悠长，整日无所事事，在花香与绿叶间消磨时光，自是极为宜人的；二则是因为，在那座庭院旁的小楼里，有一间极小的图书室，是父母单位里办的。里面颇有几本童话或神话故事书，很合彼时我的口味。

常常地，从图书室里借了书来，我便会一路走一路看，走到庭院里时，脚步便慢了下来。借着树叶的阴影，遮住头顶炽热的阳光，那书页上的字迹，在我的脑海中化作了活生生的人与物。他们与我一同呼吸着这盛夏温热的气息，还有风里偶尔携来的一段花香。

现在想来，所谓人生最畅意的事，大约也不过如此了吧。

除却暑假时常去这里消磨时光外，寒冷的冬日，这座庭院亦常得我的光顾。

那时的庭院，没有了花荫树影，唯有一丛丛的矮冬青依旧静默，守着那一片规矩方圆。我将两手抄进口袋，穿着一身那时候的所谓"滑雪衫"，缩着脖子，围着这庭院打转。

记忆里的天空，总是阴沉的。大约是那时的南京还常下雪，所以才总会阴天吧。而真若逢着雪天，庭院里的枯色便会一扫而净，处处是玉枝琼柯。雪落无声，铺天盖地，似乎要将整个世界覆成一片白色。

也就是从那时起，我第一次发觉，萧瑟的冬季，亦有一种凋零的美感。天地肃杀，万物沉寂，无边无际，阔大且辽远，作为个体的人，在此时显得格外的渺小。

虽然，那时的我还太年少，根本不可能生出那种"独对天地"的哲思。但是，对于初涉尘世的少女而言，在成长的道路上，能够有这样与天地相对，感受世间静寂之美的时刻，实在算是一件幸事。

只可惜，这样的幸运，却未能长久。

不过数年光阴，这座最后的庭院亦被拆去，建成了新的办公楼。矮冬青与玫瑰花的身影，再也不复可寻。

而今，我早已学会了将庭院置于心底，恩怨情绪，亦有了自我消解的方式。而旧时庭院，却仍会时时入梦。

梦中的我，依旧是年少青葱的模样，撑一把黑布伞，流连于黄昏微雨的石子小径。不远处，那一树丁香已经盛开，宛若一团淡紫色的烟雾，那略显肃杀的花香，便此穿越经年而来，盈盈于鼻端，在我心底，留下久久不散的余香……

那时花开

看风景，其实是件很私人的事。

南京的春天，往往来得恍惚。寒一阵，暖一阵，接着又是阴雨。那逶迤了一路的春风，便迟迟不肯来看顾，连带着眼前的风景，也只是一味地守着枯色，唯有一树又一树雪白的玉兰，早早地绽放开来，清冷灿烂，望过去时，便似一种热情且直白的表达，直逼到人方寸之间，柔柔地，拖动出一痕温柔的情绪，叫人惆怅，继而惘然。

这样的时日，总会思及年华与岁月，思及那些深埋于心底的昨日，亦时时令我想起，那盛开于儿时光阴里的一花一木，一朝与一夕。

说起来，我的童年，还真算得上是物质匮乏。玩具少得可怜，儿童书籍之类的亦不多。能够找得到的最好玩具，也唯有无穷无尽的大自然。而我家所处的那所大院，以及父母工作的地方，便是我眼中的万千世界了。

那时候的孩子，玩的时间也真多。记忆中，似乎我整天都在玩，作业总是很快便写完了，束缚与压力更是无从谈起。所有人家的孩子都在户外放养，我也不例外。

而我对花花草草的热爱，亦是自那时培养起来的。

这其中，最令我记忆深刻一种花，是海棠。

与海棠的相识，源于一首宋词小令。

还记得，那是个阴郁的下午，我午睡醒来，母亲坐在床头，为我念李清照的《如梦令》"昨夜雨疏风骤……"，极轻浅的词句，浓睡，残酒，海棠，极错落的韵律，长长短短，如起起落落的风，将一树花的芬芳吹散。

那是我第一次知晓，这世间有一种花，绮丽玲珑，残香如缕，名曰海棠。起自于诗篇，是伴着词章共醉的一缕芳魂。虽然

彼时尚年幼,完全不懂得词中意境。然而,那明珠美玉般的字句,还是深深地印入了脑海。

自此后,我便对海堂万分期待了起来。后来也果然让我发现了,在父母单位的大院里,真的有一株海棠。

这株海棠植于一幢住宅楼边,不醒目,亦不高大,开出的花是深粉色的,宛若酡红的醉颜。花朵数个一簇,团绕在一起,花心略向下,似是娇羞的韶龄少女,在人前垂下臻首。

大约是花朵太过于娇羞的缘故,这株海棠,并没有得到多少关注。它静静地伫立于楼边,与尘世间的烟火喧闹朝夕相对,无一人予它欣赏与赞美。而它却依旧幽幽独立,循时盛开,有一种平和贞静、风骨绰然的美人姿仪。

自从无意间识得了这株海棠,再听母亲读李清照时,我便总会想起那树朱颜如醉,却又淡然自许的海棠花来,小小的心灵里,亦生出一种莫名的神往。同时深深地觉得,古时词句,果然美丽。

与海棠的一场偶遇,因了李清照的那首《如梦令》,便有了几分梦幻婉约的意境。但纵观我整个童年时代,这实属偶然。孩子便是孩子,所有的花对他们而言,都是好看的,可以拿来玩的,尤其是女孩子,鲜少有不喜欢花的。所以,那些盛开于我记忆中的花,自然也都是美丽的玩具而已,倒没那么多的诗意去衬它们了。

与海棠同处一间大院的,还有一树桃花。

海棠花盛时,桃花已是落尽了,唯有满树的青枝绿叶,一派丰秀。

这株桃树长在沙石铺成的路旁,树干粗壮,看去颇有年岁。不知为何,每回忆起那一树桃花,总有种错觉,觉得当它盛放之时,整个大院里,便都是它灼灼烂漫的身影,浩荡如东风,直掠天地,似是连天空也被它染成了粉色。

后来读《西湖梦寻》,张岱说"向言六桥有千树桃柳,其红绿为春事浅深",倒是与记忆中这一树喧哗贴切了起来。

这株桃树生得很高,花朵亦开在极高处,如我这般的小孩子是根本不可能折得到的,便只有央求那些大点的孩子们帮忙。若偶尔得他们允诺,折下一小枝花给我,那便是天大的满足了,足可以开心一整天。

后来,我长大了些,读了零星的几句诗词,自以为胸怀锦绣,便开始觉得桃花俗艳,不堪赏玩,倒是对丁香生出了浓厚的兴趣,只是因为有了"丁香般的姑娘"这样的诗句,便觉得它清丽雅致,颜色亦是少见的紫色,有种别样的风情。

那时我身量高了许多,又颇练了几手爬树的本领,便很自然地做了剪径大盗,专事摘花偷草。每逢春日,我会在散步的间

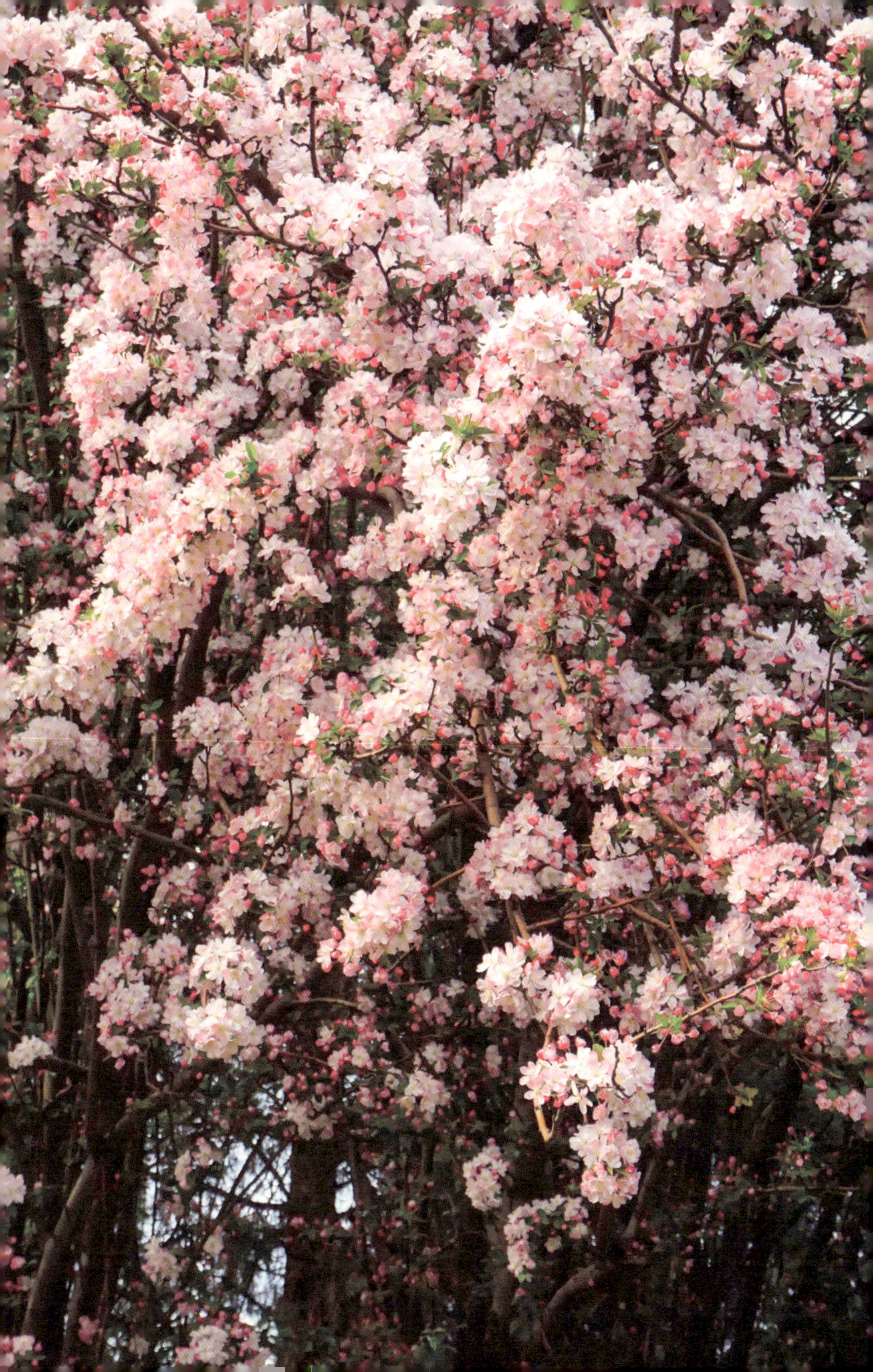

隙，来到庭院边的丁香树旁，一通爬高踩低，折下大枝的紫丁香，放进家中那只蓝白条纹的花瓶里，自觉雅到了极致。

再后来，我不知从哪里听来一种说法，说若能寻到五片花瓣的丁香花，便会获得极大的幸运。于是，我在剪径之余，又化身为迷信少女，常常花去整个下午的时间，在丁香树下层层叠叠的落花里，去寻找那朵神秘的幸运之花。

现在想来，那时候，怎么就把时间都花在了做这些无聊的事情上，且还做得如此津津有味。若真有穿越时空一说，我倒希望能穿回到那段日子，对埋首花间的少年时的我大喝一声："还不快去好好读书，你这蠢女，究竟要荒废到何时！"

只是，这世间终究是没有穿越时空的机器的，那个埋首于花间的少女，自然也永远不会警醒。而今天的我，亦只能徒然地捡拾记忆，眼睁睁看着那个痴迷而执著的身影，一遍遍翻找着丁香树下的落花，期盼着，能找到一朵五片花瓣的紫丁香，带来未知的幸运。

那朵幸运紫丁香，我寻了好久，却始终未曾如愿。丁香树下，落英成阵，花飞如雨。那朵幸运花，便似是一个说不清道不明的愿望，藏在我手指错过的某一处落花深处，藏在那一段永远也回不去的青春年华里。

望春风

阳春三月,温软的东风尚未启程,大院里的小土坡上,便已绿了半幅青青草色。

风筝已是早早做好了的。大张的白纸糊上浆糊,粘成更大张的白纸,再用几根歪歪扭扭的细竹枝撑住。筝尾处拖着一根长绳,却是几个孩子分别拿了家里缝衣的白线,数根合在一处捻出来的。

剩下的,便是等着那春风了。

半个大院的孩子,每天在小土坡上来来去去,只盼着那风大些,再大些,好让我们试试新制的风筝,能不能比去年飞得高。

然而,那春天的大风却总也不来,只一任那小土坡上的春草,一点一点地长得密实。不过数日,那嫩嫩的浅绿色便深浓了起来,翠色凝在草叶尖上,衬着微蓝的天空,竟似是泛着油光一般,让人忍不住想将脚踏上去,再绕着这草地狠狠地跑个几圈。

心急的男孩子们等不住了。既然不能放风筝,便向大人讨来了空竹，拿到土坡上来玩。

　　初春的天气，那风虽不大，却还是颇有几分寒凉的。一些长年背阴的角落里，还留着几痕去冬的残雪，雪色泛着灰，再没了初初落入地面时的那份晶莹。男孩子们却是顾不得这些的，也不管手上的冻疮还没好，肿着几根胡萝卜一样的胖手指头，便在那土坡上"嗡嗡"地抖起了空竹。

　　毕竟只是孩子，手小且力道也不稳，那"嗡嗡"的声音便断断续续的，不大能连成片。自然，那动作也是生疏的，身体跟着空竹一忽儿前倾，一忽儿又后仰，眼睛则紧紧地盯着空竹，一脸的紧张，全无半分洒脱的味道。

然而，在如我这般刚上小学的孩子眼中看来，这已经是很厉害的本事了，对那几个会抖空竹的大哥哥，也是佩服得五体投地。于是，在春寒料峭的时日，土坡上便时常出现这样的场景：一圈小豆丁围住一个大些的男孩，看他表演抖空竹。小豆丁们的脸上满是艳羡，笑里也含着几分傻气，张着嘴、揪住衣襟，紧张而专注地看着中间表演的孩子。而那个抖空竹的小小少年，面上隐约着些许矜持与得意，将空竹抖出"嗡嗡"的声响。那声音，在清寒的春风里起起落落，像是一小段零乱的音符，在空气里跳跃着、飞舞着，最后跌落在了草地上。

而温暖的四月，便在这"嗡嗡"跳荡的声音里，悄然来临。

这个时候，手上与脚上的冻疮已好了许多。那曾经干裂且疼痛的手指，似是被春天温柔的空气给软化了，不再僵硬，变得伸缩自如了起来。

手指灵活了，腿脚也放得开了，抖空竹便没有人去玩。大院里的孩子们往往十几个人一起，玩"一二三，木头人"的游戏，或者进行一场大型的捉迷藏。

时至今日，与大院里的孩子们一同游戏的场景，还常常浮现在我的脑海。虽然画面已模糊，然而，彼时的空气、声音、同伴的身影，以及一阵阵掠过身边的风，却依旧清晰如昨。

我想，再没有哪里的风，能够如同儿时那般，带着如此令人着迷的自由自在的气息，穿梭在我的心底深处了。那轻轻呼啸着的声响，在我的耳畔流过，宛若一波又一波温暖的水波，漫过我的发丝与颈项，漫过我略微发痒的手指，漫过我奔跑着的双脚，将一种纯粹的快乐浸染了我全部的身心。

这样痛快的感受，成年之后的我，再也不曾体会。

我记得，我时常跑得极欢，却也因年龄太小，跑不了多久，便累得跑不动了。那时，我便会在小土坡上找个地方，独自站上一会儿。

小土坡上朝阳的那一面，阳光正好，暖暖地扑到人脸上来，像是一只温柔的手掌，轻轻抚过我的面颊。这样好的阳光，自是不会被轻易辜负了去。便有人家在这里挂了晾衣绳，将洗净的床单与衣物挂得满满当当。

一阵风过，白的枕巾、花的床单、驼色的毛衣与黑色的裤子，俱在风里晃动了起来。那风并不大，微微弱弱，却始终不息，来了一阵风，又是一阵风。泡桐树上的花被吹得落了下来，淡紫色的喇叭状花朵，一大朵一大朵地四散落下，像是绿草地上开了花。隐约地，空气里有花蜜甜甜的芬芳。

泡桐花的花蜜是很甜的，院子里的孩子们，几乎全都尝过。在那个缺乏零食的童年，泡桐花蜜是我们额外的美味，只有春天才得浅尝。

再没有哪里的风，能够如同儿时那般，带着如此令人着迷的自由自在的气息，穿梭在我的心底深处了。

捡起一朵泡桐花，将尾部的蒂摘去，再将花瓣轻轻撕开，那清甜的花蜜，便集中在花尾处。花蜜并不多，只够在舌尖回旋往复，略含着几分乡野的气息。而仅是如此，便已很叫人心满意足了。

我还记得，那时的南京街头，遍植着泡桐树，春天的风一来，那大朵的紫色花朵便落了满地，空气里也是细密的甜香。只是，这样的泡桐花我们是不敢吃的，因它种在路边，那花朵不知曾被几多人踩过，怕它不干净。

而小土坡上的泡桐花，却是孩子们的争抢的美食了。那花朵，鲜洁干净、无人踩踏，落在深碧的草地上，像是一个个紫色的清甜的梦，不消多时，便会被孩子们捡去，将花蜜吃了个干净。

似乎只是一个转瞬，那清甜的花蜜的香气，尚还不曾离开舌尖，泡桐树上的叶子，却已变得深翠了起来。

不觉间，已是春深，蔷薇探出粉白的娇颜，暖风十里，醺醉了小土坡上的草地，亦将岁月时序推向了初夏的边缘。

夏天来了，孩子们的游戏也多了，捉蜻蜓、逮金龟子、去河边钓鱼，多的是消遣时光的好方法。那放风筝的事，不知怎样便被我们丢开了去。而那只集所有人之力做好的大白风筝，到底也没完成它飞上天空的使命，最后也不知被谁收了起来，不知所踪了。

枫

那片枫叶被我放进书里，当作了书签，寻常难得去翻动它。

许多年过去了，它静静地躺在书页间，只在我偶尔打开那本辞典时，它才会映进我的眼眸。它的颜色是极深的红，隔着透明的薄纸看去，也依旧不减那红色的浓烈，宛若一朵凝固的火焰，静静燃烧着，每一片叶片都像是一小簇火苗，有一种沉静的卓然。

这片枫叶是儿时好友赠我的礼物，她的名字叫琴。

我与琴同在一个大院里长大，父母是同事，因而我们自幼便玩在了一处，算得上是一对小小的手帕交吧。

牙牙学语时的事，而今自然是记不清了，我对琴最初的，亦是最深的记忆，还是在那片野草园里。

那一大片长满了杂草的荒地，是我们小时候的乐土，春夏秋三季，我们几乎把所有的时间都用来在野草园里疯玩。在幼小的我们心中，野草园草木丰茂，广阔而神秘。最重要的是，在杂草的绿叶间与裸露的泥土地里，有着许许多多新奇有趣的事物，足以吸引两个年龄幼小的女孩的注意力，而野草园，便成了我与琴的儿童乐园。

每逢初春三月，风里还颇有些凉意的时候，我与琴便会急切地自待了一个冬天的屋子里跑出来，去野草园里玩。

彼时，野草园里花木未生，草叶也刚冒出嫩芽，放眼望去，遍野皆是极浅淡的绿，薄薄的一层，贴住地面。除此之外，便只剩残冬的芜杂与荒凉了。而即便如此，我们也能在这里玩得极欢。

待得春暖花开，夏日来临，野草园显现出它的趣味来，我与琴在这里耗费的时间便更长了。而只要有琴的陪伴，那些半人高

的蒿草深处，我也敢于钻进去玩。放在平常一个人时，这些大胆的游戏，我是绝不敢独自去领教的。

记得那一次，便是在野草园的高大荒草里，我与琴拾到了一只盒子。

盒子入手颇沉，盒身狭长，是用了极厚实的硬纸做的，看去并不破旧，也不知是谁将它遗落在草堆里。

我与琴将盒子拿到了光线好些的地方，耐不住好奇，打开了盒盖。却见在那盒子里，整整齐齐地码放着一排精致的软管，看去似是画画用的颜料，每管颜料都用不同颜色的盖子盖住，五色缤纷，煞是好看。

我与琴自是欢喜非常，刚上小学的我们，借着初初识得的几个字，细细辨认着颜料管上的字迹：孔雀蓝、湖蓝、玫瑰红……这些既陌生又华丽的名目，简直让两个小女孩心神俱醉，而当打开一罐看不出名目的颜料时，那鲜艳且深沉的颜色，一时让我们没了言语。

过了许久，琴才说："我知道，这个颜色定是叫作枫叶红。"

看着琴笃定的表情，我不由自主地点了点头，同意了她的说法。她口中的名词，实则是我平生不曾听闻的，叫我根本找不出什么理由去反对她。一时间，琴在我眼中的形象高大了起来，竟让我有种需要仰视的感觉。

后来，我细细地问了琴，请她告诉我枫叶是什么，从琴的口中，我才约略知道，这世上原有一种树，秋天的时候是不落叶的，而是满树的翠叶转作深红，点缀在深秋枯黄的风景里，鲜亮美丽，叫人难忘。

"那么，枫叶是圆圆的呢，还是长长的呢？"我问琴。

琴蹙了眉，一脸的愀然不乐，半晌才道："枫叶只有北京才有，我没见过，是听爸爸妈妈说的。"

这答案让我与琴一同陷入了深深的苦恼中。这样美丽的枫叶，居然南京是没有的，那多叫人遗憾哪。

好在没过多久，我便自琴那里得知，她从旁人那里听说，枫叶不只北京有，南京也是有的，至于这枫树究竟哪里才有，只要到了秋天，便可一目了然。

于是，我对秋天便格外地期盼起来。只觉得夏天过得太慢，那天气总是热着，阳光灼得人浑身发燥，知了的叫声，也从未像此刻一样惹人生厌。那西风何时才能到来，将一树翠叶吹成满树的嫣红？而在父母单位的大院里，不知是否亦有此佳木呢？

我切切地盼望着，只愿那秋天快些到来。然而，西风尚未送来凉意，琴与我的友情，却蓦地行至了终点。

夏末的一天，我去琴家找她玩，却发现已是人去屋空。

琴搬家了。他们一家走得突兀，琴甚至未来得及与我告别，便已离开了南京。而从邻人偶尔的闲聊里,我得知他们一家搬去了外地,依稀是去了北方。

就这样,琴从我的生活里消失了。野草园中风景殊易,秋天如期来临,草叶由绿转黄,蝴蝶与蜻蜓渐渐没了踪影。孩子的忘性总是大的,没过多久,我便忘了曾心心念念的枫叶,以及琴的面容。

这之后很长的一段时间,我都没有琴的消息。直到上了中学,有一天,我突然接到了一封寄自北方的信,信封的右下角没有地址,只落了款,是琴。

想了好一会儿,我才记起这个童年时的玩伴,不由讶然。隔了这样久远的时间,琴怎么突然给我写信了呢?我一面猜测着她写信的缘由,一面撕开了信封。

一叶夹在透明薄纸中的红叶,随我的手指缓缓飘落至桌面。除此之外,信封之内,空空如也。

看着这灼热如火的叶片,旧时光景蓦地涌入脑海。在那个遥远的夏天,两个很小的女孩,曾如此盼望着秋天的来临,想要一睹那枫树如醉的迷人风景。

此刻,这风景经由琴的手,化作一枚艳丽的红叶,静静躺在我的手心。童年的愿望,终于在多年后得以实现。

遗憾的是,琴没有给我回信的地址,此后也再未有只言片语

寄来。我将枫叶放进最珍爱的大辞典里,将它做了书签用,却鲜少去翻动它。

　　光阴如水,似只是一个转首,便已经过去了这么多年。不知远在北方的琴,而今可安好。那片红叶依旧躺在书中,鲜艳美丽,一如昨日。偶尔看到它,我便会想起旧时光景,想起那段懵懂无知却又纯稚无邪的往昔岁月。

雪天

　　窗玻璃上结了冰花,晶莹的白色,宛若雾气凝在透明的水面上,有一种不切实的梦幻感。

　　一月天,天气真是很冷了。没有空调与温室效应的城市,连冬天都来得那样实在。

　　我向冰花上呵了口气,热乎乎的气体扑向洁净冰寒的花朵,花朵立刻便融成了雾,结成水滴,在玻璃上划下一道清浅的痕迹,像是一颗眼泪缓缓滑落。不消片刻,我便在玻璃上呵出了一块透明的圆形。透过这圆形的洞孔向外看,天空是沉潜的灰,铅色的云朵布满了整个天际,若有实质一般,似是只要将手伸得够高,便能触碰到那片厚重的云层。

　　快要下雪了。这样的大冷天,野草园肯定是不能去的了。大院里倒是有孩子们在玩,跳绳或是踢毽子,一个个裹成球状,脸冻得红红的,颊边的笑意却没被冻住。我很想出去凑个热闹,然而却又止步,只因这两样都是我不擅长的项目,就算去了,只怕也玩得不尽兴。

房间里生了煤炉，噗噗地烧了壶开水，水壶里冒出的热气却稀薄。屋外的寒冷威势极重，将些许暖意轻易便瓦解了去，只余下极微弱的几许。炉口搁了两块橘子皮，一缕略含着苦味的香气，在房间里来去穿梭。

许多个没有雪的冬日，我便这样窝在家里，借着那火炉的暖气，暖一暖我生了冻疮的手指，心里却殷殷地期盼着雪天早些到来。

下雪的时候，天气总不会太冷了，甚至还会让人觉得暖和。

先是极小的冰粒落在地面上，有丝丝的凉。随后，雪粒变成了小朵的雪花，接一朵在手里，晶莹的六棱花朵，躺在手心里，化作了透明的水珠。

再后来，雪便渐渐下得大了，大朵大朵的棉絮，一团团地落了下来，满天满地，皆是它雪白的身影，在夜灯下飘飞着，宛若杨花，轻盈起舞。

落雪是有声音的。

那声音，不似雨声清澈，却温婉绵柔，宛若微风拂过轻软的羽毛。

在寂静的夜里，当一切市井喧嚣归于岑寂，闭上眼，便会听到雪花飘落时"簌簌"的声响。轻而柔的声音，越衬得那夜的静默，让人的心里，也跟着柔软安静了起来。

孩子们却是领略不到这安静之美的。恰恰相反，雪下得越大，他们的世界便越是跃动，简直按捺不住。

性急的孩子，趁着雪下得大，便先跑去了院子里，伸出手去接那雪花玩。一朵又一朵晶莹的花儿，落在襟边袖口，转瞬便化作水滴，消失无踪。然而，不待你感慨或者叹息，新的一朵雪花又落了下来，一朵接着一朵，似乎永无止息。有些顽皮的孩子便仰起头来，张大了嘴，将冰凉的雪花含在口中，一面叫着"真凉"，一面继续品尝着这洁净的花朵，似是要用这样的方法，将这明净清丽的滋味永远留在心里。

雪再大些的时候，院子里的人迹便少了，白雪覆住了零乱的足印，轻轻裹住枯树的枝桠。一户户人家窗口的灯光，在雪上折射出晶莹的反光。借着那光柱，还能看见雪依旧在下，似一群白羽的鸟儿，不顾一切地扑向大地。

那一夜，大约每个孩子在睡觉前，都会怀着满心的期盼，一心巴望着，第二天能在雪地里玩个痛快。

雪后的世界，安详洁白，儿时的我深深觉得它的美，却无法用词语形容得出来。只是觉得那样剔透的一种美丽，实难以言语描述。及至后来年纪渐长，读了《红楼梦》，看书中描写雪后的"琉璃世界"，才顿觉这形容的贴切，似是在嘴里含了一块薄荷糖,那一线冰凉的甜意,直探到心底里去。

我一向是怕冷的体质,冬天的大多数时候,我是能不出门便不出门的。然而,落了雪的大院,却是我心心念念向往的地方,因为可以尽情地玩雪,尤其是可以堆一个大大的雪人。只是这样想一想,心里的快乐便似要飞出来一般,管也管不住。

在堆着煤基的地方,寻两块大小相若的煤屑,这乌溜溜的小东西,是用来给雪人做眼睛的。扫帚上的穗条也可以抽出两条来,做雪人的小胳膊,再从松树上折一根青绿的枝条,放在雪人的头上做头发,就这样,一个雪人便完成了。

然而,这雪人刚一落成,便会有一些孩子来破坏它。于是,保护雪人的与拆散雪人的,便分成了两伙,打起了雪仗。

打雪仗是我不在行的,一来力气太小,二来动作也慢,战斗力基本为零,所以,一到这种分胜负的时候,我这样的小小孩,便会自动被大孩子们排除在外。

看那些大孩子在院子里追打得热闹,我和其他的小孩子们,便团了一个个雪团,拿在手里玩。玩得时间久了,手指热乎乎的,很是舒服。之所以这样团了雪拿在手里,其实是因为我曾听人言,长了冻疮的手,若是用雪水搓洗过了,第二年便不会再生。

因此,每次下了雪,我都会怀着近乎虔诚的心,将手伸进厚厚的雪里，捧起一团雪，用力捏成雪团，再将雪水从手心抹到手背，一面颤抖着，一面祈祷来年不生冻疮。

可悲的是，手上的冻疮生了一年又一生，老天似是根本罔顾了我的心愿，每一年，都将这恼人的礼物赠予我。而我对雪的那份虔诚之心，却亦借此留存于心，始终未变。

直至今天，我还是坚信着，用雪水洗手可以治愈冻疮。至于为何这法子对我没用，我想，应该只是我自误而已，却是与这莹莹洁白的雪没有半分关系的。

朝合夕开

江南三月，雨丝如幕，卷起早樱零落的花瓣，散入春风无觅处。

丝丝缕缕的水气氤上湖烟，便有了烟波红楼阁、细雨过竹桥的宛然情致，似是连呼吸里都能透出浅淡的水色。转折的窄河边植了青柳，柳荫如淡墨晕染，薄烟般的嫩绿色，就着水势，逶迤出一程婉转的心事。

想来，也唯有如此风物，方能当得起"烟花三月"的考语吧。而多少个暮暮与朝朝，便皆化在这温柔乡里，成就了江南的明媚春色。

只可惜，金陵却非真正意义上的江南，自是亦没了这烟花三月、诗情横生的意境。

在我的记忆中，童年时的早春景象，总是带着几分萧然与清冷的。那似是渗进骨子里的一种气韵，便连沿秦淮河岸绮丽了数千年的依依绿柳，也未能洗脱这冷然的调性。或许，这便是所谓的城市底蕴吧。

那时的春天，总是来得极清静。

或者，这清静并非源于春光寂寂，而是因了那时的人心里也是静的。所以，巷陌里往来的步履，总是不急不缓，而面上颜色，亦自是从容且安好，透出一种笃定的稳妥来。

三月的金陵风物，几乎没有任何可言说处。梧桐树上枝桠张立，肃杀且萧瑟，每一仰首，便似有刀剑入目，和着早春料峭的寒风，刺得人心生凉意。

与我所住的大院相邻的街市风景，我是早就已经看得熟了。除了高大的尚未发芽的泡桐树，便再无其他。倒是有些人家，也在门口砌了水泥的花坛。只是，那花坛里的植物，此刻尚一派荒芜。青枝绿叶自不可见，桃花樱花更是提也休提。那时的城市建

设，亦远不如现在完备，用来美化环境的，亦只朴素的几株树而已。于是，可供三月春风踯足悄立的地方，便也少了许多。

说起来，早开的迎春，大约是这清冷三月里唯一的点缀了。

然而，这花开时却也是安静不出声的。似乎一夜之间便完成了从打苞到盛放的全部过程，待得你发现时，那里早已是翠叶离披了。

绽放了的迎春，倒有了些许热闹。星星点点的黄色小花缀满叶间，远远看去，如夏夜星河倒贯，又似是瀑布垂落，黄色的花朵，便是水珠飞溅时的点点光斑，那样自在无忧的姿态，很有几分不羁的洒然。

然而，彼时的春天，终究是不如今天喧嚣的。那迎春开得越是热闹，便越衬得这春天来的清静，这清静甚至令尚还懵懂的我，也能从这微寒的景物里，浅尝到一丝怅怅然的滋味。

后来，我年纪渐长，会捧了字典逐句去读《唐诗三百首》，那"烟花三月"的婉约身影，便一直挥之不去。亦是自那时起，我始知晓，南京不算真正的江南，没有转折的青石板路与迷蒙的细雨，飞花落絮亦自成空。纵目看去，三月的金陵城，天地间依旧连绵着残冬的景致，偶尔的一丛迎春，开在不经意的转角与街边，虽绿叶黄花兀自欢喜着，却是无人来顾，终究冷清了些。这样想着时，我那颗脆弱的少女心里，便会生出几分黯然。

所幸少年人的心事,往往来得快,去得亦疾。还未等我空对月华徒感伤多久,那暮春的晚风,便已拂上了肩头。

一直觉得,四时节序里,唯暮春时的南京,还有几分江南的柔婉气息。东风细细,落英纷纷,偶尔地,便会有不知名的花香攀上鼻端,有几分缭绕地牵扯着人的心,整个世界亦跟着纤细婉转了起来。

那时,我时常会在放学回家的路上,特地拐几个弯,去走一条平常不大走的巷弄。

那巷子不长,却是左折右转地蜿蜒着,沿路的住家皆是平房,户户收拾得齐整,朱门红窗、黛瓦灰墙,窗前有小小的花坛,里头种着各色不值钱的草花,闲闲地开在那里,让人想起江南小院的宁静与秀致来。

那种被我叫作"朝合夕开"的花,便是这小巷里盛产之物。

"朝合夕开"的学名叫紫茉莉,傍晚开放,清晨凋萎,却不知它与红楼中捣作胭脂的紫茉莉花种是否为同一物?我始终觉得,以茉莉名之,有些委屈了它。唯有"朝合夕开",才道得尽它骨子里的婉然与清幽。

每当放学,时近黄昏,便可见小巷的花坛里、拐角边,盛开着一丛又一丛的"朝合夕开"。它的花朵纤秀而长,宛若精致的喇叭花。颜色比桃红深些,略近于紫,颇见娇丽,有时亦可见淡

"朝合夕开"花香浅淡，一如江南的竹桥与细雨，而它纤婉的模样，亦唯有在温软的江南烟水间，才可得见。

白色的花朵。

这种花，很受那时女孩子们的欢迎，因它可以做耳环。摘下一朵来，揪住花底部分轻轻一拉，那花萼便连着细长的花蕊抽了出来，塞在耳洞里，微风轻拂，这花做的耳坠便摇摆飘舞，似是翘袖折腰的美人，说不出的柔弱可怜。

常人只知这花有趣，却不知，"朝合夕开"也是有香气的，一定要在无人处凑近了细闻，那香气，淡极近无，有一种幽独的淡漠。

在我年少时的认知里，一直觉得，"朝合夕开"花香浅淡，一如江南的竹桥与细雨，而它纤婉的模样，亦唯有在温软的江南烟水间，才可得见。

令人叹惋的是，如此得江南神韵的一种花，却终究是以草花之躯见诸世人。而那条曾长满了"朝合夕开"的小巷，亦在数年之后重新拓建。朱门黛瓦的平房被铲平，取而代之的，是整齐划一的住宅楼。在墙边檐下自在开谢的花花草草，自是不见了踪影。

而今，城市的绿化比从前更见章法，马路中央的绿化带里，便植着许多好打理的常绿植物，"朝合夕开"却不在其间。大约是因其只开一季，且白日总无颜色装点城市，便被见弃于草泽了吧。这究竟是它的幸或不幸却非是我可以轻易评说的了。

五

PART 05

那些微温的青涩时光

留声机

校广播室的水泥小楼前，植了一株高大的杨树。每到了秋季，阳光从生得极高的树叶间散落下来，在那块高低不平的黄泥地上，印下离披的影子。仰头看时，那一管白得发灰的树杆挺直秀丽，不似南京最常见的梧桐那样厚重，有一种属于北地的明朗与爽利。

小楼应是建了有些年头了，还留有民国时期的影子，房顶高阔，走廊狭长，一年四季凉意森森。楼道里铺了木质地板，上头的红漆已被人来人往的足迹磨去了，边缘部分尤其显得毛糙，踩上去时，像是踏在粗糙的泥地上。

广播室便位于小楼的第二层，连着一段窄而陡的木质楼梯，每一级台阶都很高，转折处则是扇形的台阶，很逼仄，有种峰回路转的突兀感。

每一天的中午或黄昏，我都会小心地踩着这吱哑作响的楼梯，去校广播室里，进行一个小时的校园广播。

广播室的格局不大，粉白的墙，绛红的门，临着操场的那面墙上开了一扇窗，窗框亦是绛色，窗外便是那株杨树。天气和暖时，树上的叶子遮住窗棂，眼前一片葱郁，与广播室的阴凉有若一体。若是深冬的时候向窗外看，则只见杨树耸立坚挺的枝干，苍白地伸向天空，萧杀之气扑面而来。

校广播室的成员只有两三个，学姐在毕业前带我们熟了环境之后，便就此踏上了人生的另一段旅程。我们这些低年级的小学妹，便成了这广播室里真正的主人。管理着这一片的老师是学校的美术老师，风度翩翩，有名士气，对我们这些正处青春期的小女孩唯一的要求便是不违反校规，不破坏广播室里的物件，其余

皆可随意。

  一只话筒，一台简易的操作面板，一架留声机，以及两三张黑胶唱片，便是广播室的所有财产了。门边大书柜里的石膏像，是美术课上的临摹器材。操作台的对面则是一张放满了杂物的大木桌，摊放着书籍教材与教具，也不知是谁放在这里的，亦不知这些事物在这里摆放了多久，倒没有多少积灰，只是泛着一种陈旧的色泽，灰中带着暗黄，似是被时光的水波一遍遍滤过，洗去了曾经的光鲜明丽，只留下而今的残旧景象。

  那台留声机，亦是这样老旧着的。即便在我们那个年代，这样的器物亦不常见。彼时，录音机已经开始流行起来，有条件的家庭都会有一台小型录音机。一些传自港台的卡带亦在学生间悄悄流行着，广播室里的这台留声机，已经是很古早的事物了。

打开留声机的盖子，深黄色的木质机身蕴着淡淡的光，边角用黄铜片包裹着，样式朴素沉静。将黑色的唱片卡入凹槽，抬起转针，轻放于那回纹暗转的唱片上，乐音便随着圆盘流转四散，金属的针尖在唱片上划过一圈又一圈的痕迹，喑哑的"嘶嘶"声隐没在音乐里，像是流水自青草边掠过。

安静的广播室悄无人声，窗外葱翠的树影遮住视线，叶片上跃动着夕阳的金光，似墨绿色的宝石。蓝天被密密的树叶切成细碎的斑块，那深翠与碧蓝辉映的色泽，明丽而又温暖。

许多个中午与黄昏，我一个人待在广播室里，以留声机播出的音乐为背景，倚在话筒边，读着稿纸上整理过的文字。诗歌、散文或是短小温情的小故事，借着我的声音与留声机里的音乐，在校园里回荡着。

一直觉得，留声机里传出来的音乐，音色是极真挚的，不虚饰，不喧哗，该有的缺陷一应俱全，而原有的华彩亦无分毫损减。那单细的乐声薄而透，似是深知与这现世的隔离，因而，便有了一种深切的哀凉。无论多么欢喜的音乐，在那喑哑隐秘的转针声里，都像是夕阳斜坠、帷幕落下，有一种繁华落尽后的惘然气息。

背景音乐用得最多的，是保尔·莫利亚乐队的专辑。

在我们那个年代，属于青春的流行音乐尚呈稀薄，一些兼具保守与灵动的国外轻音乐，代替了本该张扬的流行音乐，在年轻人中间很是风靡。

轻快、活泼、雅致、诙谐，保尔·莫利亚的音乐有着少女喜爱的一切元素，因此，这张唱片被我们播放的次数最多。至于另几张唱片，却都是更老旧的流行音乐，比如《洪湖水浪打浪》，或是《我的祖国》这一类。对于豆蔻年华的少女而言，这样的歌声，自是老得已经垂暮了，如非必要，我们很少会去碰它。

留声机日日被我们搬弄着，包括那张保尔·莫利亚乐队的黑胶唱片，亦几乎每天都会被播放。然而，这样高频率地使用，却并未让它们有丝毫损坏。留声机各部件运转自如，保尔·莫利亚的协奏曲清丽悠扬。虽然后期略有些走音的嫌疑，但大体上还是能够使用的。

那时候，跳交际舞的风习刚刚流行，女孩子们虽不敢去外面跳舞，但在学校里，老师却不禁止大家学着玩。这时候，留声机的好处便显了出来。在不做广播的时候，两三个女孩子开了留声机，在保尔·莫利亚乐队的伴奏下，互相学着跳交际舞。

其实，我们又哪里会那些复杂的舞步，不过是觉得它时髦有趣，胡乱地随着音乐跳上几步而已。而一面跳着，一面还要惋惜这几张唱片太过老旧，没有更强劲的音乐，好让我们学着跳当时最风行的迪斯科。

  那台留声机是何时没有的，我已经不记得了。时间太过久远，让我对曾经的过往时常生出恍惚来，不知道，那究竟是我的记忆，还是脑中的臆想与梦境。这些散乱的片段，令回忆如同旧电影，连不成片，集不成章。唯有彼时的一些场景，如同定格的相片，一帧帧地回放：老旧的留声机、保尔·莫利亚乐队、窗外的夕阳与杨树叶，还有女孩子欢快的笑声，在我的心底，在岁月深处，凝固成永不老去的记忆。

我的那些花

丽的电话响起在寂寞的办公室午后，彼时，我正坐在电脑前发呆。高大的深色落地窗外，梧桐树披散着叶片，在阳光下随风起伏，像是一片绵延的绿色海浪，又仿佛在跳一场盛大的舞蹈，便空调制造出的安静凉爽，亦挡不住那一种宁谧的喧嚣。

手机的音乐声便在这时响起，仙妮亚·唐恩的老歌，慵懒闲逸，宛若秋天午后的漫步。望着那串陌生的号码，我接起电话，对面传来一声低回的"喂"。颇耳熟的清脆声音，语调柔缓，尾音略略有些上扬。我的眼前浮现出一张乖巧的脸，有娇翘的鼻子与浅浅的酒窝，稍许迟疑后，我笑着说："是丽吧。"

丽，我的中学同学，多年前去了加拿大，从此便音讯渐疏。却未料，她突然回国探亲，约了同学见面叙旧。

和丽见面是在隔天的晚上，三个中学同学，宁、丽和我，约见一间安静的茶楼。

丽显然是精心准备了过来的，颇正式黑色无袖过膝礼服裙，

同色露趾凉鞋，脑后盘着发髻，斜斜地簪了一支水晶发钗，钗头镶了水钻，剔透璀璨，转首回眸间，风致嫣然，直叫我不敢相认。

反观我与宁，却皆是普通社会人的打扮，淹没在人潮中，再显不出来的。

三个人开着熟悉的玩笑，坐在靠窗的位置，闲闲地聊着天。玻璃窗上反射出我们这一桌的影像。三个成熟的女人，围桌夜话，眉目间已经有了岁月痕迹。说起来，这二十年的光阴，又岂是水过青石？总是要在身上落下些什么的。

那夜归来，下起了雨，雨丝萧瑟，在窗檐上敲出清寥的声响。我拧亮台灯，温暖的橘色灯光铺散开来，将秋夜的微凉淡去了几分。

这样的夜里，似是连空气里都流连着怀旧的气息，我忍不住拉开抽屉，那本多年以前的同学留言簿，此刻正安静地置于抽屉的角落，封面上已积了一层薄灰。打开第一页，是宁绮年时的笔体，熟悉而陌生，故人的手指轻敲记忆弦窗，当年的激扬文字与青春岁月扑面而来。十六岁，我那以未知开始的韶华，在十八岁那年，以这本留言簿作了一个告别的手势。

还记得，当年班上最美丽的女孩子，好像叫咏儿。我是见了她才知道什么叫天生丽质。咏儿是出水芙蓉一般的女孩，不用任何粉饰，且那一种美，端正清婉，叫人生不出杂念来，只是觉得欢喜。她不骄傲，对自己的美丽亦有种不自知。据说毕业后，她的美丽为她带来了许多故事，有人为她倾倒，有人为她远走他乡，而究竟结局怎样，却是一个谜。只隐约知道，仿佛是嫁了人，收梢算是完美。

凡是班上另一个美丽的女孩，眉目细腻精致，下巴尖秀，惹人怜爱。彼时，凡的头发便有天生的微黄，时而烫起来，时而直发，算是同学中的标新立异者。虽外表纤细，然凡的性子却暴，不像咏儿的与世无争。我亲眼见过凡发火，小拳头砸在课桌上砰砰有声，绝不比别班男生差。听说毕业后，她的美丽为她带来了无穷烦恼，牵扯纠缠，亦是颇复杂的故事。然而，关于她的消息，到最后也只是一场花期，由繁而疏，渐渐地便没了下文。

倩和琳也是记忆中美丽的女孩。倩的美，就像这世上有一种女孩，见面不觉如何，事后回想，却越想越觉得她美。倩便是如此，在班上时默默无闻，被一大群伶牙俐爪的小女子淹没了，而多年后，同学们再聚首，说起她来，不约而同觉得她美。她有一种温婉的细腻，不言不语的，像开在墙角的小白花，美丽而淡然。有消息说，她好像去了美国。我想，她应该是很如意的生活着吧，像她那样的女孩，总是会于生活的细微处，觅到人生的完满的。

琳则是舞蹈课代表，修长挺拔，美丽得极耀眼，是叫人眼前一亮的类型。在学校时，看过她和一大群女孩跳《多瑙河之波》。蓝色及地长裙，裙摆是宽大的荷叶边，那样的款式，若是白色，便是希腊神话中的水泽仙女；若是绿色，便是格林童话里的森林女巫；而蓝色的长裙，便有了几分精灵的意味，清丽而又可爱。

琳在音乐里旋转，摆臂，踢腿，脸上浮着一丝微笑，修长的手臂与脖颈，天鹅般的优雅。听说毕业以后，琳比学校时更漂亮万分，曾令见过的同学惊艳无比。只不知现在的她，还会不会在音乐里优雅地旋转，摆头，颊边漾着笑意。

当然，不能不说到杨——我最要好的朋友——亦是我所有朋友中个性最鲜明的一个。还在学校时，她就显出非凡的才干，锋芒毕露，行事果决，敢于反叛，在班上当真是木秀于林。也正是由于杨的个性，她在班上并不讨好。老师觉得她太有主见了，难以教化，却又不得不折服于她的才干，因此，有时还会委以重任。

而来自于同窗的压力，则相对更大些。记得她任班长时，有

一次组织开班会，不知为什么和全班人起了冲突，超过半数的同学对她表示强烈的不满，有几个还站起来当面责难，咄咄逼人。杨倔强地站在讲台上，一脸坚忍与骄傲的神情，那样子，真是虽千万人吾往矣。至今我都觉得，以她当时的年龄，敢于和几乎是她整个人生的一大半朋友对峙，那一份勇气，鲜有人能及。

似乎只是一转眼，这么多年便过去了。而今，我们在各自的天空下生活，鲜少见面，亦无甚联系。曾经的二八韶龄，二九年华，亦已化作了转身后的记忆，有时想想，亦会深觉这光阴的冷冽。

然而，曾经鲜活过的青春，却始终是恒久存在着的。便如我的那些可爱的同窗们，亦不曾真正消失，而是永远停留在了时间长河的某一处角落，如花绽放，美丽如昔。

素笺流光

　　时间如风,带走岁月。唯一不变的,是浩浩光阴的永无衰绝。

　　生命原是短暂。一转眼,朱唇青丝便换作了苍颜鹤发,眉间多了沟壑,指节渐呈粗粝,当日倚竹而笑的青衫才俊,已成皤然一叟。

　　时间的流沙不息淌落,渐渐堆积成身后的过往与回忆。而无论欢喜悲伤,我们总会希望着,能够在偶尔的瞬间,稍挽岁月长弓,将那流星般的时间飞矢停驻片刻,以便我们铭刻,或者遗忘。

　　我们承认,记忆无法永恒,生命亦如是。然而,那些记录下的片刻温暖、少许甜蜜,以及无数闪回中跃显的人物与故事,便是织就我们生命流苏的丝带与彩线,经由一些具象的事物,以凝固的表情,回放那些美好的时光。

　　记事簿,便是这样的一种事物。

　　说起来,记事簿用得最多的,还是在学生时代。从懵懂幼童到青葱岁月，时时刻刻，都会用到这或薄或厚的一册纸页。

　　上课时用的练习簿，自然是分门别类地收好的，做的笔记亦要归到各门功课里去。看着空白的纸页上渐次写满的字迹，那些单调的公式与复杂的单词，不只是日后复习的重点，亦悄然记录下了上课时咬过的笔杆、开过的小差，放学后不经心地翻看，以及那些在台灯下苦苦寻求答案的过程。这一切，都在这一笔一划里。

　　十数年的学上下来，学了些什么且不说，只看那厚厚的一叠笔记本，便知道，这漫长的光阴，看似如飞花落叶了无心意，而

其实却是不曾虚度的。年年岁岁，每一刻光阴，每一次转折，都在这白纸黑字间端正写下，且，落笔无悔。

而后，便到了七月流火的辰光，在燠热的教室里裁夺自己的一生。那一刻，无论多少，总要感谢那些记录于练习簿里的字迹。若是没了它们，又怎能快意笔端，为自己写一个锦绣的预期？又或者，也会恼恨，恨自己粗疏，总不将那字字句句放在心里，真是"书到考时方恨少"，只能白瞪了两只眼睛，看着墨迹森然的题目发怔。

人生的轨迹，便是于这一刻悄然分叉，有轻装大道，亦有惨淡沟渠。一本小小的笔记本，你对它用心多少，它便回护几许予你。一分不多，一分不少。

自然，还有些事物，与枯燥无趣的课堂笔记无关，却与花季年华的心事纠缠。

悄悄地避了人，桌面上压一本教科书，书下放的，却是自己的初慕少艾与人际苦恼。父母总是担心的。"早恋不好""早恋误终生"，一面耳提面命地说着，一面顺手拉开抽屉，翻出硬皮表面的精装日记簿，一页页翻过去，检验自己的教育成果。

那一刻，不是不怨恼的。

也想过办法去对抗。彼时，市面上开始有了一种带锁的记事簿。精致的硬面，封面与封底间开了孔，以一枚金属小锁扣牢这样的记事簿，价格一向亦不菲，买的时候，其实是在心里百转千回了的，不知道它是不是真的有效果，能够将自己的心事，锁在这看上去并不牢靠的扣眼中。

现在想一想，那时真是年轻，心思单纯到可欺。竟完全不懂得，这样的一本记事簿放在抽屉里，是多么鲜明的欲盖弥彰，完全是此地无银三百两的举动。只怕原本或许无事的，亦要被这记事簿纠缠出许多事来。大人与孩子斗智斗勇，为着偷看与偷藏这些事暗中攻占据守，经年以后忆起，只怕亦要笑出声来吧。

那一段洁净的青葱岁月，便在这埋首功课的笔记本，或是躲躲藏藏写下心事的记事簿里，渐渐褪去了昨日的韶光。就着昏黄的灯光写日记的孩子，而今成了衣冠楚楚的社会人。自清润简白的学生时代，一脚踏入了多姿多彩的青春岁月。

那时的记事簿，再也不是单薄寒酸的一本了，而是五颜六色的一大堆，收在抽屉里，看去真是华丽。

也是，文具店里多的是各种各样的簿子：透明塑胶的表皮下，印着简素的白描画，翻开是微微泛黄的纸页，这是岁月的怀旧样；硬质印着图文的封皮，里面是极简洁的浅蓝线条，纸色雪白，这是青春的张扬样；还有一种，五彩斑斓的封皮，覆着一层微薄的膜，触手粗糙，里面却是细腻的薄纸，规定了这里是记电话地址的，那里是记事物备忘的，这却是人生的入世样，是经济文章，是社交往来，亦是我们踏足社会时，留下的最初的印记。

而其实，无论哪一样，用它的机会，总是不多了。

少年时一手支着脑袋，一手在记事簿上写写画画的身影，与而今运用五笔与拼音输入法纯熟，建立电子记事簿录下日程的身影，重合在了一处。新的替换了旧的，现在覆住了过往。那或厚或薄的纸册，终究变成了抽屉里的装饰，在一开一合间，沉寂着无声的岁月。

自然，记事簿还是有着用些微处的。比如开会的时候拿在手上，偶尔记些什么，却是装饰的作用大些。或者是作备忘本用，商务约会、客户纪要，一一记录在案。心事却只是偶尔地涂抹，再没了细细描画的耐心与时间。移动互联网时代的各类产品，代替了许多记录作用。生命中曾经的主角，而今成龙套。记事簿，变成了关乎身外世界的实用物,却与心事再没了关系。

在许多人眼中,那本已经泛黄的记事簿里记下的,是旧日的好时光。偶尔翻开当年的日记,看着那青涩得令人发笑的过去的自己,又有多少人不会喟叹岁月的流逝,再感慨今日的匆促?而那等候在角落里积满灰尘的薄薄一册,不只是微笑的同桌、初恋的隔壁班女生,更是我们永远无法回头的往昔岁月。

或许,在短暂且孤单的生命中,唯因有了这种种细微处的婉转与动人,才愈显美好,亦更加值得我们珍重。

记取时,请用心记取;遗忘后,也请善自珍惜。

且将此语,赠予青春,赠予记事簿。

情书

从教学楼去实验楼,是要经过一片操场的。

通常,我们都会选择走直线,亦即横穿整个操场,因为这是最短的距离。虽然,在前行的路上,不时便会被运动着的少男少女们拦了路,偶尔生出些被篮球砸中头顶的烦恼,或是闹出与跑步的人撞成一团的笑话来。但无论如何,这条路线都是最为合理,亦是最简便的。

然而,唯却从不这样。

每一次,唯去实验楼时,总会沿着操场西侧的小径,经过那段被树木掩映的水泥夹道,再转过老教学楼的青砖与瓦檐,最后才踏上实验楼的台阶。这样一圈走下来,至少要多走两三分钟的路,唯却似是乐此不疲。

我已经不太记得,究竟是怎样的契机或是变化,让唯突然成了班级里最亮眼的女生。

或许是彼时,大半个班级的人都戴上了眼镜,唯却是少数几

个视力极好的人，所以，她的座位被安排在了倒数第二排。而一般说来，坐在后排的，是以个子长得高的男生居多。

又或者，是因为从初二年级起，我们开始学习几何。这门需要很好的空间思维的功课，大多数女生皆不擅长，便如我，几何的成绩便一向非常糟糕。而唯，却能将几何学得极好，考试的时候，一些高难度的附加题，她也能解得正确。这一点，无疑也让唯在班级里的形象更加的光辉鲜明。

唯成了班级里的红人。同学们时常谈论她，传说男生们在背后对她的评价是美丽聪明。而在课间休息时，一些成绩优秀、在班上比较受瞩目的男生，亦会与她若有若无地搭两句话。在有些女生的眼中，这样的氛围，几乎可以称得上是出格的了。

而面对这一切，唯却很淡然，这更让她有了种说不出的味道。

唯的样貌，原本便是清秀的。浅而疏的眉，微挑的凤眼，双眼皮的褶痕很深。她的肤色不是白腻的那种，而是略有些蜜色，有一种格外的细腻。两腮则是微微地鼓着，带着一点婴儿肥，这让她原本有些沉静的面容，添了两分可爱与温柔。

说来，我与唯并不算要好。我们之间唯一的联系，便在于她坐在我的后排，偶尔地，上课时我们会开小差说两句废话，考试发卷的时候，会在递卷子时彼此照个面，微微一笑，也只有这样而已了。

那个时候，班里是实行着每周换一次座位的制度的，从靠走廊的位置，一直换到靠窗的位置，需要四个礼拜的时间。而那件事的发生，便是在换座位的礼拜一。

那天，如同往常一样，我从第二列换到第三列座位，在座位上安顿好，取出铅笔盒与课本，正打算与好友聊聊上周末看的电视时，忽然便听到坐在第二列倒数第二排的男生发出了一声很是夸张的怪叫。我转过头，便见他满脸怪异的表情，从抽屉里拿出了一个封信，没有信封，只有划着红格子的信纸，叠成了正方形。

这封信一被拿出，坐在我身后的唯，脸色突然变了。她蓦地站起身，一个箭步冲了过去，伸要就要抢那封信。

那个男生是一向学习成绩差的，还有几分流气。他一见唯过来抢，便高举了手，不让她抢，面上挂着一贯的坏笑，与唯拉扯了起来。

而今想来，那男生大约也没有怎样深沉的心思，不过是恶作剧罢了。可是，谁也不曾料到，就在此时，班主任突然出现了。在看到她的那一刹，我留意到，唯的面色变得惨白。

班主任先是大声呵斥了那个男生，将那封信拿在手里说："你的检讨书就是这个么？"随后不待男生说话，便打开信，当着全班学生的面，大声地读道："我已经喜欢你很久了，现在，我鼓起勇气写下这封情书。"

她的声音像是突然被人拦腰砍了一刀似的，生生噎在了喉咙里。从我的位置看去，恰好能清晰地看见她隐在信纸后的表情，那是一种难以言明的诡异，像是受了惊吓似的。她快速地扫完信上的内容，随后抬起头，目光复杂地盯着唯，面色狰厉，久久不语。

唯脸色惨白，教室里静默无声。刚才班主任读出的那句话，不啻是一场地震。而此刻，所有人都有余震中暂时失去了言语的能力。

大约过了半分钟之久，班主任才察觉到气氛的诡异。她不自然地咳了一声，对大家说了声"开始自习"后，便示意唯跟着她，一同离开了教室。

直到她们离开后好一会儿，教室里才开始有了嗡嗡的说话声，尔后，这声音越来越响，直至变成一片沸腾。

唯写了情书！情书被换至她座位的男生拾到了！这件事，足够刺激我们这群刚步入青春期的少男少女们。几乎每个人都在猜，唯倾慕的对象究竟是谁？

然而，让所有人失望的是，那个男生，始终不曾浮出水面。

唯不肯说出他的名字。

她一口咬定，她写的根本不是情书，而是一篇作文练习。虽然这明显的谎言完全不具备说服力。然而，唯却坚持这种说法，让老师和教导主任都没了办法。

那段时间，唯频繁地出入老师办公室。她抿着嘴唇，一脸木然的表情，对于身边同学的议论毫无反应。只有她那婴儿肥的面颊，一天天地消瘦了下去。

最后，在唯的坚忍下，这件事不了了之，唯甚至连检查都没写。

然而，唯的名声，终究是传出去了。她成了班里的另类，依旧醒目，却被大家无声地隔离在了另一个世界。

女生们从她身边走过时，或是交头接耳，或是夸张大笑，而男生们对她则是避之唯恐不及。课间休息时，再无人与她搭话。那样子，像是生怕被她牵累，成了她情书里的主角似的。

初二年级的下半学期，唯不出所料地转了学。神秘情书事件，亦就此画上了一个句号。

在往后的一段时间里，我还时常能听到她的消息。有人说唯转学后，果然与我们班的一个男生往来甚密，那个男生甚至专门去她的学校门口去等她。初中毕业时，还传出他们恋爱的新闻来，很是轰动了一阵。然而，对于那个男生到底是不是情书事件的男主角这件事，唯从未做过任何说明，我们这些旁观者，自然更是无从知晓答案了。

自行车

办公楼里早已空无一人。紧闭的窗玻璃上,映出远处云霞的倒影,淡淡的,似一副意境悠远的水彩画。

藤萝架上的木香花垂下素白的花絮,清浅的花香飘散在空寂的庭院里。这个夏日的黄昏,静寂却又喧嚣,蝉的叫声沾染着白天的湿热气息,有些喑哑地回响在阔大的院子里。西边的天空下斜坠着大朵乌云,被夕阳嵌了一层殷红的边,铅色里泛出青来,瑰丽得叫人目眩。

我推出父亲那辆红色的永久自行车,在办公楼前的石子路上来回地学着骑。男式二六大杠的款型,对于才上初中的我而言,还是颇为高大的,骑起来很是费力。可是,这是家里唯一的一辆自行车,想要学车,唯有从它开始。

说起来,车棚里的车数量并不少,想要向邻家叔伯们借车来骑亦并非不可能。然而,这众多的自行车里,女式小车却几乎没有,多数都是比父亲的车还要高大的二八大杠,那是我眼中不可企及的大车了，我连推都推得吃力。幸得父亲买的是小一号的，否则，想必我的学车之路还要更辛苦些。

在无人看护的情况下，又是夏天，一个十多岁的女孩学自行车的下场怎样，几乎是可以预见的了。虽然只是一脚踩住踏板，一脚向后荡的最简单的骑行，我还是免不了摔上几个嘴啃泥。而在那个学车学疯了的暑假，几乎是每骑一次车，我便要挂半身彩。膝盖那里到现在还留着疤，且还是疤上累着疤，可想而知，彼时的我摔得有多惨。

而即便如此，我还是没学会骑车。

这其中最难学的，便是荡出车来，然后向后偏腿跨上车的动作，我始终做不到。因为实在壮不起那个胆子，总怕会失去平衡摔下来。于是，整整一个暑假过去，我只学会了一个很不漂亮的

掏蹬式，真正坐在坐垫上，我却是根本骑不了多远就要摔倒的。

　　说到此处，还真要多亏那辆自行车，真当得起它"永久"的名号，结实耐用得很。学车时，哪一次不被我将它掼出去好几回？可是，那车却从不见坏，连个零件都没掉下来过，除了外面那层华丽光亮的红漆被我蹭去了少部分以外，便真如铁铸的也似。

　　父亲后来说，那车原是一批外销精品，当年是要出口到黎巴嫩的，后因种种变故，方转在国内销售。也多亏了它结实，不曾被我摔坏，才令得这辆车在如此高强度的使用下，还能够每天被

父亲骑出去上班、买菜、办事，完成它代步工具的使命。

只是，在学习骑车这件事上，这辆漂亮耐用的永久牌自行车，除了让我摔了无数跟头以外，几乎没帮上多少忙，反倒叫我有些灰头土脸起来。因为彼时，大院里的男孩女孩们，几乎都学会了骑车，似我这般笨手笨脚的就没几个。

那个时候，院子里的男孩与女孩之间，已经较少交谈了。

不知这是不是时代的特色，彼时的少男少女们，总是处在一种很别扭的交往氛围里。

无论是班上的同学，还是大院里的玩伴，自升上初中起，大家最常见的相处模式，就是几乎不说话。偶尔说话了，也最好是横眉立目，或是平淡不屑。一旦男女生之间的交谈超过连续十句，且面上的表情为和颜悦色，或则会立刻被众人侧目。当事人若是不立刻警觉起来，只怕很快便会传出"配对"的"绯闻"。

若真是不幸被人"配对"了，则"配对"双方最好的相处模式，便是绝交。若是还要偶尔说句话之类的，那传言便会越传越盛，面皮薄些的女生，只怕真会羞得要钻进地洞里去。

在这样的大环境里，无论我对大院里那些车技好又高大的男生有着多么迫切的羡慕之情与求教之心，那句"可不可以教我骑车"的请求，却是怎样也说不出口的。

每天放学后，从大院里横穿而过，推着那辆结实耐摔的永久自行车，我的眼睛，无数次地被操场上那几道轻快张扬的身影所吸引。

那是同院的几个男生，他们的车技真是好啊。单手、脱把、倒骑、定车，宛若杂耍般的技巧，轻易地摆弄着如同庞然大物的二八大杠。那一张张满是笑意、汗水飞扬的脸，那矫健洒脱的少年身姿，便像是对我最大的刺激与嘲讽。

我花了四十天的时间，连如何上车都没学会，而人家却已经将车技玩得如此纯熟。这判若云泥的差距，着实是叫我灰心得快要失去学车的勇气了。

初中三年，我的车技毫无寸进，直至高中快毕业时，要好的同学找了表哥来指导，我才真正学会了骑车，方算解了心头之恨。而工作之后，我为自己买的第一件奢侈品，便是一辆紫色的女式车。我已经受够了男式车，那偏腿跨上车的高难度动作，我这辈子也学不会了。

虽然有了新车，家里的那辆永久牌自行车，却依旧是主要代步工具，为我们服务了差不多二十年的光阴。

经年岁月流过，它原本鲜艳的红漆已经变得暗淡，上面的亮釉亦褪去许多，像个垂暮的老人，再没了当初鲜亮干净的模样。然而，这车却一直不曾坏，虽然骑上去有些声响，但各个零件正常，轮胎亦没有破损的迹象。

倒是我新买的自行车,没骑两年便不行了,笼头歪扭不提,还时常会在骑行时掉链子。原本只是图它外型乖巧淑女才买的,谁料它后来竟面目全非,漆色暗黄,浑身散架,说不出的颓废难看,叫人都不好意思骑出门,连收旧货的都不愿费事上门来收它,最后,只得丢出门去了事。

我们的歌

大朵的泡桐花落在水泥台阶上,在我的格子裙边,渐渐堆满了这紫色晕染的花朵。风拂过来一阵,又是一阵,清朗而阔远。有淡淡的花蜜的甜香,从我的手指间盈盈流过。

那个薄暮,我们正在听着谁的歌呢?

刘文正?飞鹰三妹?王杰?还是高凌风?

已经记不清了。

随身听里翻转着卡带,"滋滋"作响。六十分钟的时长,被落花与甜香,被耳畔流淌的音乐,抻成一段长长的风,拂过我的面颊。

A面三十分钟,B面三十分钟。若是录得有技巧点,能压进去三十首歌。放在卡带夹层里的歌单,是寻了白色的卡纸,拿了尺画上横竖线,自己一首一首写下来的。有些青涩的字迹,飞扬了转折与勾点,略有些卖弄地记下那些冗长的歌名。

那像是永远也走不完的青春,在一首首的歌里,在悠长青葱的时光里，在倒带与快进的录音机里，一遍又一遍地回放着，记录着曾经的旧时光。

那是属于我们的年代，那也是属于我们的歌。

最早流行的邓丽君，我们那个年代的惨绿少年们是根本不爱听的，嫌她过于甜腻，小调似的，听在耳中，便像是在极饿的时候吃一块糖。那细弱无力的甜味，根本触不到灵魂深处。而无处发散的青春的空虚，亦无法以一枚糖果填满。

那个时候，诗歌还被许多人喜爱着。席慕容、余光中、白朗宁夫人、雪莱、叶芝，这些名字在跳跃着的诗句里泛着香气，他们的身上似是闪耀着黄金般的光泽。曾经的我们，是诗歌的崇拜者，爱那些满是芳馨的隽永词句，爱那些在河流与天空下灿烂的文字。

因了这样的环境，彼时的流行音乐，亦受了不小的影响。那些诗意的流浪的声音，便成了那个时代的流行标识。齐秦、王杰、高凌风、方李唯，他们那永远行走在路上的音乐语境，成为我们表述一切悲伤、欢喜、快乐与惆怅这种种情绪的指代物。

不知有多少次，我将卡带放进录音机，按下开始键，坐在朝北的小屋里，听这些远涉重洋而来的声音，在我的耳畔或清越或苍凉地吟唱。

窗下是一棵青葱的泡桐树，它方年少，细弱的枝桠叶片稀疏，在春日的风里摇摆不歇。每到黄昏，归鸦在它的身边盘旋，掠过树冠里坠着的紫色泡桐花，大朵的花朵落在地面，落在那些苍凉的诗意的歌声里。

我记得，第一次听到张学友，亦是在这样温暖的春日。夜的灯火化作流星，点点落在漆黑的窗檐。那时，他的歌声尚呈青涩，我听着他用一种独特的低沉嗓音唱《穿过你的黑发的我的手》：

穿过你的黑发的我的手，留不住你的身影的我的眼……

我永远也忘不了初听这首歌时的感受，像是烛火突然点亮，又似是烟火在夜空里绽放。那一把醇厚里带着金属音色的嗓音，切开了我的灵魂，在我的心底留下不可磨灭的痕迹，现在想起，还依然觉得心痛。

或者，这便是所谓的被歌声打动吧。那种悸动的感觉，年轻时常有，而今天却鲜少有。岁月与沧桑堆叠的，不只是人生阅历，亦是一层惯经风雨的硬壳，轻易再难撬动。

许多年前，我听着《穿过你的黑发的我的手》，心神俱醉，宛若疼痛。而许多年后，我在百度里搜《她来听我的演唱会》，那一句句低回唱起的，不是歌，而是经年以来我的心。

我们总是容易被同一种声音打动。即便时间过去，那金属般的音色被岁月浸染，成了暮色里沉静的钟声，悸动的感觉却依旧存于心底。只是，此际感动着我们的，究竟是歌，还是那些被歌声唤起的岁月，早已无从分辨。那些个黄昏与清晨，已经深深地嵌在过去的歌声里，再也不能抹去。

而今，张学友的歌大约只有三十五岁以上的人才会喜欢了。从前的我竟一直不知道，原来，声音亦是会老去的。在现今的青春少年们耳中，那沉厚的金属般的音色，是背景泛黄的旧相片，只宜于挂在残破的颓垣上远观，却是不能打动他们的了。

于是，又想起了在我们那个年代流行起来的"四大天王"。在我念中学时，这四个人的歌声，几乎每天都在耳边回响着，无论是唱功极差的郭富城，还是很少出片的黎明，抑或是勤奋的刘德华与天才般的张学友，他们的歌声与名字，几乎构成了一整个时代的流行文化，亦是彼时所有人共同的回忆。

我还记得那时，放了学，不舍得回家，五六个好友结了伴，去同学家里听刘德华。

同学家住在秦淮河畔，岸边长年是两行垂柳，春天的夹竹桃粉白黛绿，深红浅白的花瓣在水中翻卷。秦淮河水色深碧，泛出浓重的烟火气，是市井最常见的味道，有些腥咸，却亦温暖。

去同学家的路上，要经过迷宫般的几段巷弄，一律是青色圆石铺地，夹道细巷，深邃悠长。巷边的泥地上时而生出野草，草茎抚过裙角与鞋边，像是温柔的依偎。两边的高墙内，便是家家户户的生活秀场，被厚厚的白墙遮掩了，只隐约传来些细碎的声响，却始终听不真切。

那时的城市，还没有许多的高楼大厦，我们围坐在平房的地板上，吃着同学从福建带来的咸干花生与牛肉粒，就着秦淮河的烟水气息，听彼时最潮最时尚的刘德华。那时的我们，那样的年轻，年轻到根本就不曾想过，有一天，刘德华会老得生出白发与皱纹，而我们听的歌，会旧得已经根本听不到。

我们心底关于青春的印记，或许，便是在彼时刻下的吧。

这一张生命的唱盘，在经年的岁月里由新变旧，时光的转针划过细细的纹路，乐音渐低，年华渐老。然而，唯因其喑哑低回、沉静温厚，才愈显得往昔的珍贵与今时的圆润华美。而谁又能说，这不是另一种美好呢？

枕边书

窗外的夕阳已渐沉，天空由碧蓝转作淡青，房间里的光线有些昏暗起来。我坐在床边，半靠在粉得雪白的墙面上，有一搭无一搭地读着一本艰涩的俄国小说。

俄国小说向来是不大好读的，一者是对它的历史不熟悉，二来则是人名太长，且每个人的名字都有好些叫法，或是昵称，或是只呼姓氏，或是以名唤之，往往看得人眼晕。有时候，为了让阅读变得不那么艰难，我会在读书前先制作一张卡片，将书中主要人物的名字列出来，注明其姓氏昵称的种种叫法，以免读书时被人名困扰。而即便如此，俄国小说不易读的印象，却是深深地记在了心里，连带着我对俄国文学本身亦生出了一种畏惧感来。想来，那样深厚沉重的作品，作为一个读高中的少女，其实是根本无法彻底理解的。

而在那个黄昏，我捧在手中的书究竟是哪一位俄国巨匠的作品，我已经根本记不清了。唯有光线在纸页上次第变幻，那

一行行字句像是浮在空气里，营造出的那种将暮未暮的感觉，还在我的心底明晰着，鲜亮着。比起手中那本厚重的大部头，这虚幻得如同梦境的影像，反倒比书本更深地刻画于脑海深处，想起时，便会有一种特别的怀念。

已经有多久没有这样了呢？手握一卷，屏息静读，时间化作纸页翻过，外表的宁静掩盖了心底深处的情绪，眼前像是幻化出无数场景与对白，而外界的一切，则全部隐在书页背后，成了模糊不清的背景。

那个时候的我，曾经那样地热爱着阅读。

每一年暑假，我都会拿了父亲的借书证，从金陵图书馆或南京图书馆里，借来大量的书籍。若是没有借书证，便在父亲的大书柜里翻些书来看，不拘什么戏剧话本、文学评论、传记杂谈或者是《西厢记》《三国演义》这类半古文的书，皆要拿来读一读。假期里的一切闲暇均以读书带过。几乎每一天，都有一本书被我读完，亦有新的一本书被我翻开。这种深陷于纸张堆积的世界的快乐，曾经让彼时的我获得了前所未有的欢喜与满足。

十几本书堆在书桌上，任意挑上一本，趁着午睡前的那一小会儿，我躺在凉凉的席子上，一页页翻看着这些珍宝。读得倦了，便将书置在枕边，闭上眼睛，陷入一段夏日午后深长的睡眠。待醒来时，只要父母不唤，我便会一直躺在床上，继续之前未曾读完的书页。

于是，不知自何时起，我的枕边，便总是习惯性地放了一本书。

最开始时，书籍的种类多为童话或神话故事，像是《苗族民间传说》《傣族民间传说》《北京民间故事》之类的书，上小学时很为我所钟爱。书中一些名字动听的风俗如"踩花踏月"，或是看上去就很馋人的美食如打糕、糍粑、麻糕、肴肉之属，亦在我心里留下了不可磨灭的印象。

上了中学后，第一次在校图书馆借书，便借了一部《战地钟声》，这是我第一次接触世界名著。那种翻译文的新式语境，以及小说中所描述的战争的画面，让我一次次地深陷于其中。我喜欢书中描写女主角"稻穗般金色的头发"这样的文字，如此的简致有力，似是将一位金色短发的少女推到了你的面前，美妙的画面感令人心醉神迷。

虽然对于初中生而言，这本书其实还是有些深了，我只能囫囵地读完却无法真正理解，且其中的有些描写亦不是很宜于少儿，母亲便曾对此质疑过。但不可否认的是，这是我读过的第一本能感觉到一种力量的书。彼时的我不能确切地了解这种感受，只是觉得，这本书似是击打在我的心灵上，让我生出颤栗，亦令我感受到一种深切的无法言说的情绪。

亦是自那时起，我的枕边书，不再是童稚可爱的童话传说，而是一本本大部头的著作。

托尔斯泰、果戈理、雨果、莫泊桑、巴尔扎克等，这些文学巨匠的作品，在我的枕边陪伴着我。每一个盛夏的午后与薄暮，每一次点亮台灯的夜晚，我捧读着他们的思想，在文字的世界里沉迷。

我得承认，许多时候，我读他们的书不是为了愉悦，而更像是一种朝圣。我以一种近乎膜拜的心情翻开书页，去触摸他们的精神世界。我知道自己的浅薄，在他们的面前，渺小得宛若尘埃。我甚至亦隐隐地知晓，似这般疯狂阅读的日子，终有一天将会于我的生命中消失。所以，我才会在我的少年至青年时代，大量地不分好坏地进行阅读。

若要说对我影响最大的书,则一部是《简·爱》,一部是《红楼梦》。《简·爱》我读了几十遍,《红楼梦》亦然。

这两部书,前一部让我在这一生都力图做一个坚定执著的女人;而后一部,则让我深刻领略到中国古典小说的魅力。曾经有段日子,我的枕边永远只有这两本书,一西一中,交错着阅读,怎样也读不厌。

今天,我的枕边依旧放着书。当我写下这些字时,我还专门去床头捡起书本,看了看书名,却是一本梁启超批注的《桃花扇》。

这书放在枕边大约已有半年光景了,我翻阅的页数,还不到三十页。而这三十页书，还是因了小侄女来家里玩，我嫌她吵闹，将这本书权作了抵挡噪音的工具才翻得的。若是她数月不来，则这本书我便数月不会翻动。

不知自何时起，读书成了我的一种责任。若不时常尽责，心底里便会生出愧疚与惶惑，却再也不能如从前那样，自其间享受到令人颤栗的快意了。这样的我，与其怨念生活紧凑无暇读书，倒不如说是失去了一颗宁静的心。

心若浮动，再好的书也是读不下去的。此刻的我，想必亦如是，每时想起，心中都有无限怅惘。

长发与喇叭裤

　　长头发流行起来的时候，正是文学青年大行其道的年月。

　　诗歌与音乐，在彼时尚处于黄金时代。校园民歌、都市民谣、文艺风、乡愁与青春之哀伤，都是彼时最有市场的事物。从齐豫的《九月的高跟鞋》到《橄榄树》，从席慕蓉的《七里香》到《雪莱诗选》，从琼瑶的《窗外》到伤痕文学，这些盛极一时的音乐、小说与诗歌，皆为年轻人所追捧与热爱。正因了如此，文学青年、文艺青年的造型，一头长发加一脸流浪沧桑的表情，亦成了彼时潮流青年的标准照。

　　自然，这里所说的长发，绝不是单指女孩子，而是那些瘦弱如竹竿的男人们。他们往往以诗人、作家或城市流浪青年的形象出现，在小说与诗歌中，在文艺电影与爱情歌曲里，成了彼时的白马王子。

　　那时流行的男人长发形象，必定要有两片大大的鬓角。鬓角要留过耳垂，后面头发的长度则已不及肩为宜，发型是以略微烫

了几个卷，宛若海浪般起伏不定的模样，最是时髦。若是天生有些微卷曲的头发，且发质厚密，则又多了几分风流倜傥的书卷气。

坦白说，这样的发型，在它最流行的那数年光景，我也没觉得它好看。主要是不易于打理，且彼时的绅士们也不大懂得讲究卫生。那厚厚的头发罩在头顶，宛若一团乌云汇聚，看上去乱糟糟、油腻腻的，风吹一次，就能换一种发型，时而倒竖，时而顺披。这种完全靠自然风来定型的效果，对于旁观者而言，实在很难说是一种享受。替他们觉得头痒倒是有的，有时亦恨不能马上把那颗头揪过来好好洗一洗才罢。

至于女孩子的文艺造型，则首选清汤挂面的长发，没有刘海，以中分的发式垂落于肩头。这样的发式，其实也相当挑脸型。若是脸型饱满、鼻梁挺秀的女孩子，则很是适合此种长发，看去斯文清丽，很有女人温婉秀美的感觉。不过，这种发型对于发质的要求颇高，发丝须得垂顺柔滑，光泽亮丽，若非如此，则很容易弄出女鬼的效果来。

那个时候，男士们还很流行穿一种非常显瘦的衬衫。

这种衬衫的料子大约是丝绸的，非常的贴体顺滑。且因了彼时流行的是文学青年的造型，大家都不大注重健身，因此，这衬衫一贴了体，便立时显出叫人一言难尽的效果来。

若是天生肩宽腰细的衣裳架子，则穿这种衬衫还能显出几分俊朗气质，有一种洒脱不羁的味道，其形象可参考秦祥林、秦汉早期的照片。可惜的是，大多数作如此打扮的男人，都是一副弱柳扶风的纤纤姿态，将这衬衫穿上身，收束于皮带之下，便越显得细腰窄肩，毫无男子应有的开阔大气。若是这衬衫的料子再花哨些，那可真是流里流气的都市小混混形象了。

有一段日子，从衬衫的花色与发型的些微变化，以及手中道具的不同上，便能区分文艺青年与流气青年。

举凡衬衫颜色花哨无比，头发烫成极俏的大波浪状，手里拎一架收录机在街上招摇的，必属流气青年。女孩子们若是遇见了，一定要躲得远远地，以免被他们调笑了去。

而真正的文艺青年，衬衫的颜色多为单色，一脸忧伤与沧桑的表情，手里拿着诗集、小说、文艺刊物或是一把有些破烂的吉他。他们的身上，充满了青春的诗意与流浪的感伤，他们谈论的话题多半是诗歌与死亡、人生与梦想，他们会愤怒地咆哮，会悲伤地奔跑于大雨中，有时亦会坐在落叶枯黄的公园里，弹着吉他唱歌。夏天时，他们的长发随风飞舞；秋天时，他们用一条厚厚的大围巾，裹住风衣的衣领。

如此一来，两种形象高下立见，尤其是在女人们的眼中，这两种造型是截然不同的。

然而，对于长辈们而言，所有留了大鬓角，烫了长发，穿着窄衬衫的小青年，都有几分流气，极为他们所不喜，总说他们不正经。而若再论及这些年轻人最爱穿的喇叭裤，则这不正经里又多了几分叫人不安的因素，总觉得，如此装扮的年轻人，早晚要惹出事来。

说起来，喇叭裤的兴与衰，倒很有几分时装简史的感觉。从裤管的大小，到裤腿的粗细，其间的种种变化，经历了一个漫长的过程。所谓时尚与流行，便是在这过程中撷取的果实，万般变

化，皆不离其根本。

最开始时，喇叭裤的裤角非常之大，大到可以作扫帚来用。而整个喇叭的造型，亦是从膝盖以下便开始了，行走时，真有若裤角当风，人的鞋子被埋在其间，只露出鞋头的一小部分来。就算是穿喇叭裤的人自己，亦无法低头窥见脚上风光。

这种喇叭裤大约流行了三五年，其后，时尚风转向，喇叭裤的裤角开始渐渐缩小，从走路带风到微遮鞋面，这一段过程，大约经历了十年光景。而当西风东渐，将水洗布牛仔裤拂进国之后，有一种微带些喇叭裤之形，却收敛了许多的所谓"微喇"牛仔裤，又风行了颇长的一段时间。

而在此时，男人们项上的飘飘长发，亦已不见，焗色、清爽的短发、平头等发式，开始成为时尚的主流。自然，这个时候，诗歌业已式微，传统文学不再占据主流市场，文学青年与文艺青年的造型，亦终成了过往。那披着长围巾，在细雨里守候在门前，为心爱的姑娘弹一曲吉他的白马王子，更成了旧电影里才有的形象。

倒是男人的长发又再度流行了起来，只是位置从脑后变成了前额。

长而厚的直刘海遮住眉眼，或是打薄了做出层次的刘海，略略地挡在额前，加上清秀的五官，精致的面庞，这是现今最时尚的花美男形象。

然而，我还是喜欢那种露出额头、鬓角与发丝皆短的清爽发型。无论是英俊青年还是清秀少年，一旦如此造型，便立时有了一种干净如水的感觉，美丽且格外动人。

木吉他

他坐在淡绿色的阴影里，拨动琴弦，开始弹一段略带忧伤的音乐。

绿白格子窗帘外罩了一幅白色轻纱，十一月的阳光洁净清丽，透过白纱绿布洒落进来，在地板上留下了深深浅浅的绿影。秋日的萧瑟与冷寂，被这浅碧色的光影化作春光，让人想起清新的泉水与微冽的东风。

该怎样形容那段音乐呢？微风拂过绿树的声音，是沙滩上落下的夕阳的光点，是星子坠满天空夜，有一道流星，缓缓滑过眼前。

再没有哪一种乐器如同吉他那样，玲珑清浅，宛若细雨淋湿了草叶。

它难得深刻华丽，亦鲜少摆出高贵的眉眼。在年轻人的身边，总有它洒脱的身影，像是身家平淡的一位朋友，与你把臂同游，共醉高歌。

无论在任何时代，学吉他都是件很有范儿的事，它让人立刻便有了几分艺术家的气质。此外，在各种类型的流行音乐里，吉他更是必不可少。便是那些专以特立独行、不同流俗而闻名的知名级摇滚乐队，亦时常会在演唱会上摔烂几把破吉他，以显出他们的率性与叛逆。

　　不知是不是由于上述的原因，吉他有了一种骨子里的草泽气。在一应乐器中，它是最随性率真的一种。六根琴弦，合奏出并不明亮的音色。低音时是哑光色的金属，高音处则又显得单纯无辜。数根琴弦合在一处，如同喉间辗转的陈酒，又有几分乡野

山风的意味，微醺则可，沉醉却是完全不必要的。

所以，有些时候，你会察觉得它有些无情。无论多么深切的情感，在这六弦合奏的乐音里，绝不会有故作深沉的姿态。它情愿与你这样交浅言薄，亦不想涉入太多。这样说来，拿它来说少年人的辛酸与疼痛，说一些无关岁月沧桑的事情，倒真是相宜得很。难怪在上世纪八十年代时，学吉他会成为一件时髦事，于青少年之间犹为风行。甚至就算在今天，吉他也依旧有着深厚的民间基础。凡是醉心于现代流行乐的人，十停里至少有七停要去学吉他。

我年少时，也曾浅浅地学过两回吉他，纯粹是为了赶时髦，只是觉得那电影里弹吉他的长发少女风姿动人，便不自量力地妄想学成高手。而其实，这看似简单的乐器，若要真正学会，却是有着相当难度的。

首要艰难的，便是那几乎无法忍受的指尖上的痛楚。吉他的琴弦虽纤细，却坚硬得很，拨动它不难，而是难在左手按弦上。那六根琴弦宛若钢丝，按不上几下，指尖便是一阵尖锐的痛，而若想要变换乐音，让那音符一串串地倾泻而下，按弦的手指便要不断地变换指型，自细而坚硬的琴弦上滑动开来，那简直就是在对自己的手施酷刑。虽不至于将手指割破，但被弄出血印子来，倒是常有的事。

此外，和弦难背，亦是吉他弹好不易的另一个原因。

吉他的和弦变幻繁复，除了大拇指外的四根手指皆要用到，通常说来，一个和弦是由四根弦组成的，光是给四根手指找对位置便要好一会儿，按准了还不行，还要用力地将音弦死死按牢，方能奏出流水般的音乐。若是按错了位置，或是没将弦按到底，则和弦便不成其为和弦，而是成了不和谐之强音，弹出来真是叫人不忍多听。

彼时的我尚是少女，手指柔嫩得很，学吉他的时间不过两周，左手指尖上便布满了厚厚的硬茧，如同一层硬壳。仅是这样的疼痛，便叫我打起退堂鼓来。毕竟恰是爱美的年纪，哪里能受得了一双手如同刀子也似，和别人握个手都能硌得人手疼？于是，便就此丢开手，再不曾碰过吉他。

同伴里亦有和我一起学吉他的，其中有一个男生便弹得极好。

他是隔壁班的学习委员，平常不爱讲话，样貌很普通，通身都有一股子好学生的气味。偏偏是这样一个看似无趣的人，学吉他竟极有天分，且还能耐得下心吃得了苦，学不上三四个月，那水平便已经很拿得出手了。

自然，成功总是需要付出的。我曾经看过他的手，两只手的手指尖上都有一层厚厚的茧，摸上去很坚硬。跟他相比，我当年的境况真是不值一提。

他学的是弹唱吉他，据说以他的天分，学艺术吉他也是可以的，只是他自己更喜欢弹唱而已，想必是受了彼时流行音乐的影响。他尤其喜欢弹唱齐秦的歌，无论琴技还是歌喉，皆极得神韵，是当年学校里的风云人物。

彼时，齐秦刚刚蹿红，还不曾变成今天的大叔样。他歌声清透，带着旷野长风般的沧桑。他还有一双亮若星辰的眼眸，眉间洁净如水，有一种特别深情温柔的气质。他那手里一把吉他、肩上一头长发的形象，曾轻触过无数少女心中最柔软的角落。

那个时候，齐秦还爱着王祖贤，他干净的眉眼映出她清丽的容颜，那也是曾经羡煞了许多人的爱情故事。

然而，这世上果然是没有什么所谓永远的。人生的际遇与离合，也果然是没什么道理可讲。齐秦的歌还在，人却已经老去。他和他的爱情故事，成了我们那一代人回忆里的一点唏嘘，也只剩下这点唏嘘而已了。

而流行，却是永远不会老的。

弹吉他这件事，因了它的年轻与诗意，便一直不曾离开流行的浪潮。年轻男子坐在台阶上，轻拂琴弦的形象更是成了经典。或许，那弹吉他的男子换了服饰与发型，或许，他身后的背景烙上了岁月变革的印记。但是，这形象本身，却始终屹立不倒。在许多当今热门的影视剧里，依旧还会有这样的画面。而在一群玩

音乐的年轻人里，若是没有一把吉他镇场，则立时便少了几分潇洒不群的风范。

不过，在我看来，吉他最吸引人处，还是在于它平淡处偶露的深情里。那种行若无事般的轻浅，有时，恰恰便会和上了某一处心弦。那种心随琴动的感觉，比一切乐器所带来的感受都要温柔。浅浅淡淡，徘徊转折，这将醺未醺的状态，才最是叫人低回。